CRIMEN MÍSTICO

CONSULTORIO CRIMINAL
LIBRO UNO

CALLY MAJUNA

La historia del cuaderno negro I

Antes de los terribles sucesos en la antigua ciudad de Ávila

La ruedas del coche dejaron de girar.

Un olor a gasolina inundó la cabina y todo quedó de cabeza.

Cualquiera que pasara por allí temería por la vida de quien conducía el Jeep Wrangler Rubicon. Pero Vita Bell estaba viva, y nadie pasaba por allí. Por unos segundos, permaneció inconsciente debido al impacto que recibió en la cabeza. Antes, cuando todo giraba a su alrededor, cuando perdió el control del vehículo debido al exceso de velocidad y al desconocimiento de la vía, algunos recuerdos pasaron por su cabeza. Vio a su hija Eloise, y se despedía de ella. También a Renart, sonriéndole, llevando la bufanda azul. Después a los uniformados, los hombres que vestían el mismo tono de azul, quienes llamaron a la puerta, cuando todo cambió; cuando descubrió el quiebre en carne propia. Ese que había analizado tantas veces en las mentes de los psicólogos forenses que visitaban su consultorio. El quiebre o la forma como se presenta un hito en la vida que significa perder toda esperanza de volver a sentirse a gusto con la propia existencia.

Despertó.

Había sido por un ciervo. Se había atravesado en la carretera. Intentó esquivarlo y volcó. Su cabeza sangraba. Tocó la sangre y sintió dolor. Desabrochó el cinturón de seguridad. Rodó hasta el techo del coche, que ahora era el suelo. El cristal de la ventanilla del copiloto estaba roto. Gateó hasta allá y salió.

Se puso en pie. Se mareó.

Debía detener el sangrado en su cabeza. Se quitó la chaqueta y luego la blusa blanca. Con ella, primero limpió un poco la herida, luego la palpó. Se dio cuenta de su dimensión. No era grave. Recordó a su padre: las heridas en la cabeza son engañosas.

«¿Cómo recordaba tanto a su padre hasta cuando había estado a punto de morir?».

Con la blusa se hizo una venda. Se puso la chaqueta. El frío calaba en sus huesos, sobre todo en los de la mandíbula y los de las cuencas de los ojos. Era una noche helada, pero no tan oscura. La luna le dejaba ver las sombras de los troncos, las ramas y las copas de los árboles del bosque, cruzado por la vía.

Caminó en el pavimento. Una ligera capa de nieve había caído sobre él. Escuchaba su respiración. Nada más. El silencio y la soledad se parecían a la muerte. Pero ella, una vez más, había sobrevivido.

Se dijo que tenía que llegar a la ermita. Y luego resolvería lo de su cabeza.

Anduvo durante varios minutos. La última vez que miró el GPS decía que faltaban cinco minutos para llegar. No se detuvo. La cabeza le había dejado de doler, quizás por el frío. Sus manos estaban heladas y sentía la lengua seca. Comenzó a dolerle la muñeca derecha. Debió golpearse allí también, pensó.

No había nadie en aquel paraje.

Continuaba caminando a un lado de la carretera. Luego de subir una pequeña cuesta, la vio. Allí estaba la ermita, y luego, en lo alto, una estructura enorme de torres alargadas. El palacio que había sido el hogar de la reina.

Apuró el paso. ¡Necesitaba llegar!

Intentó correr y no pudo. Algo estaba mal en su tobillo, se desató un dolor agudo que no había sentido antes. Los accidentes descomponen todo, los sentidos, las lógicas. Ni siquiera había notado que llevaba zapatos de tacón y que hubiese llegado más rápido sin ellos. Eran rojos, color mate. Se descalzó.

Ya se encontraba frente a la ermita.

Empujó la puerta, deseando que estuviese abierta. Lo estaba. Avanzó. Las luces de las falsas velas estaban encendidas. Adentro no había calidez, pero sí un ambiente distinto al del exterior, más húmedo, era como estar en unas catacumbas.

La imagen de Cristo crucificado colgaba al centro, pero Vita no lo miró. Al menos, no de frente. Sabía que estaba allí. También algunos santos. Pudo percibir sus formas, sus siluetas. Uno de ellos tenía una mano levantada.

Vita continuó avanzando, aunque no sabía qué venía a buscar.

Quería llegar hasta donde estaban los primeros bancos y, desde ese lugar, observar mejor. Allí, muy cerca de donde se hallaban las velas falsas.

Cuando llegó al primer banco, lo vio. Era un libro negro como el que ella conocía. Como si fuera la puerta a su nueva vida. Lloró. Lo tomó y lo abrió, aunque ya sabía lo que encontraría.

Recordó a Renart. Cuando lo siguió y lo vio con esa

mujer, besándola. Siempre volvía a ese punto, a esa escena, como si desde ese momento hubiese nacido la Vita asesina. Tal vez no nacido, pero sí despertado. Más tarde, en la cena de esa noche, lo miraba comer las ostras y quería que enfermara. Luego, después de buscar el arma, le apuntó en la cabeza mientras él dormía.

«¿Y si acabo con él?».

Pero no había tenido la valentía de hacerlo. Y luego el hombre del tren, un desconocido que se convirtió en su amante y en la mejor estrategia para vengarse de su infiel marido, quien había alterado su vida.

Allí estaban las páginas justo mostrando lo que ella había esperado.

Gritó. Su grito retumbó en la ermita.

El mismo ciervo que se había atravesado en su camino lo escuchó desde lejos y corrió espantado.

Otra persona estaba cerca. Tenía un arma.

Sabía lo que iba a hacer.

PARTE I

Vita Bell caminaba hacia la salida. De repente se detuvo y miró a la izquierda, al lugar donde se hallaba *La Gioconda del Prado*.

El museo estaba a punto de cerrar sus puertas y muchos de los cansados turistas, aturdidos ante tantas y tantas paredes repletas de obras, prefirieron sentarse en los bancos internos de la edificación y esperar a que los más impetuosos miembros de sus grupos terminaran de saciarse con los «cuadros imprescindibles» para poder decir con propiedad que habían visitado el Prado.

A pesar de la hora, un grupo de unas treinta personas se agolpaba frente a la obra del aprendiz del taller de Leonardo da Vinci. Esta era mucho más accesible que la verdadera Gioconda, enjaulada tras el cristal del Louvre.

Vita pensaba que la fama hacía casi todo el trabajo. El trabajo de ordenar la atención y los esfuerzos, lo cual producía un mundo mucho menos interesante que el que ella había esperado de chica. A su juicio, otros cuadros del museo eran más impactantes que aquel que prefería la mayoría.

Aquella tarde de primavera había admirado con hipnotismo *El triunfo de la Muerte*. La obra del holandés Pieter Brueghel. En realidad, desde hacía varios días este cuadro, concebido dentro de la tradición moralista, la atraía con un amenazante magnetismo. La pareja de enamorados que podía verse en la esquina derecha del cuadro constituía el centro de la fascinación para Vita, y ella sabía por qué.

El hombre tocaba un laúd, la mujer sostenía un cancionero y lo miraba extasiada. Parecían vivir en un mundo particular, sin prestar atención a la batalla que el ejército de la Muerte, comandado por la parca sobre el caballo rojizo, ganaría a los mortales. Esa desesperanza era el espíritu del cuadro. Por eso, quienes miraban la obra sabían mucho más sobre el futuro de la pareja de enamorados que ellos mismos. Pero eso no era lo que más atraía a Vita, sino que tras la mujer había un esqueleto que remedaba a su amado: fingía tocar un laúd tal como lo hacía el hombre que ella quería.

Vita se representaba a sí misma como aquel esqueleto burlón porque al día siguiente partiría en un vuelo a París para dar caza a la amante de su esposo Renart, ahora muerto. Pero antes, tendría que entender su vida, su interior, su crianza. Se haría su amiga. El exterior de la mujer ya lo conocía, la había visto una vez cuando Renart aún respiraba. Cuando la vio aquella noche, él la besaba con desenfreno en la calle de Recoletos, a la salida del restaurante. Así fue como su mundo se partió en dos, y lo que ella había sido antes, la Eva Bell Olmos que algunos conocían, cayó en un foso para no volver a salir. Solo dos veces en su vida había experimentado esa sensación en la cabeza, ese vértigo congelante que avanzaba desde arriba hasta la garganta y allí se detenía para comenzar a congelarle la sangre. La primera, cuando supo que estaba embarazada de Eloise, y la segunda, al descubrir la insospechada infidelidad de Renart.

Por eso, aquella imagen de los enamorados había penetrado en su psiquis como el cuchillo ardiente que su padre empleaba para cortar las láminas de foami y con ellas confeccionar el disfraz de bailarina para ella. Con la misma facilidad, se desplazaba entre sus neuronas y explotaba su química interna. Debía dar con esa mujer, con la que vivía en la *rue* Poliveau…

Había encontrado una anotación de Renart con el nombre de esa calle y sabía de su viaje secreto a París. No le sería tan difícil dar con ella, y luego pondría todo su empeño en conocerla, en comprenderla totalmente, a la amante de Renart. Después de todo, era psiquiatra y podría hacerlo hasta los huesos, hasta que no quedara ninguna cosa por explorar.

Y luego, solo entonces, la mataría.

El museo, de repente, se vació.

Ya los turistas que se habían sentado en los bancos circulares de los corredores, entre sala y sala, no estaban. Ni siquiera la *Gioconda del Prado* tenía espectadores.

Vita se dio cuenta de que se había ausentado unos minutos de la realidad. Se hallaba ante la librería y cerca del café, y no recordaba haber llegado hasta allí.

Debía buscar la salida. Ya daban las ocho de la noche.

Una mujer que portaba uniforme, de aspecto cansado y algo ojerosa, la miró con interés. Vita se preguntó por qué. Luego tomó las escaleras y buscó la puerta que conducía a la Calle de la Academia.

Caminó hacia la parada del bus junto al Real Jardín Botánico y aguardó. El autobús número diecinueve la conduciría, en pocos minutos, a la esquina de la calle Juan Bravo. Una vez allí, durante algunos segundos, admiraría la belleza de la Embajada de Italia, con sus paredes pálidas y la arquitectura elegante que le hablaba de cosas sutiles y fantásticas. Luego caminaría pocos pasos, después de mirar la armería y repudiar con algo de fuerzas la caza, y llegaría por fin al Bar Bedford, donde se sentaría en el lugar de siempre o cerca de él, si estaba ocupado.

Allí se tomaría un martini o dos —como lo hacía siempre—, y con el sabor de la ginebra en la boca, se pondría a analizar a los presentes.

La última vez detectó a una mujer pasivo-agresiva, que hablaba de manera obsesiva sobre el hecho de que «ella había nacido en la época equivocada». Y a un hombre que mentía descaradamente cada vez que entablaba una conversación telefónica con alguien llamada «Ana», quien luego reconocía al amigo que lo acompañaba que debía mentir a Ana para que todo se mantuviera en equilibrio.

A Vita le gustaba ese lugar; las pequeñas esculturas blancas de los veleros junto a la variedad de botellas que se mostraban ante la barra, las columnas cubiertas con espejos, los muebles color caoba, los ventanales compuestos de cristales rectangulares y pequeños, separados por los marcos de madera relucientes, la lámpara de lágrimas que pendía junto a la pretenciosa escalera que conducía a la segunda planta, a la cual nadie quería subir porque el bullicio se concentraba solo en la planta baja del bar.

La atmósfera, iluminada a la perfección para el gusto de Vita, la sumergía en la ficción de una vida placentera, como la que pudo tener de no haber sucedido el accidente que la convirtió en algo similar al esqueleto del cuadro.

En Bedford se despediría de la mujer «no asesina» que era en ese momento, porque cuando volviera a Madrid, regresaría diferente. Y cuando de seguro volviera al bar, ni Joaquín ni Modesto notarían en ella nada extraño. Los asesinos se colaban muy bien entre quienes no lo eran.

—Hola, doctora Bell —diría uno de ellos con voz grave, y también el otro, con un tono más grave aún, y ninguno si quiera sospecharía que un día antes habría asesinado a una mujer, porque ella sabría cómo hacerlo. Los años dedicados a la psiquiatría en su consultorio, especializado en psicólogos forenses, le habían permitido sacar muchas conclusiones útiles. Por ejemplo, conocer a los asesinos a través de los ojos de quienes recogían sus frutos envenenados, de quienes investigaban los crímenes y a la vez deseaban cazarlos. Esa mirada de cazadores le había mostrado desde hacía doce años la importancia de los detalles para comprender la mentalidad criminal, y ahora ella podía emplearla a placer.

Caminó con eso en mente.

Llegó a la parada del bus diecinueve justo antes de que comenzara a llover. Aquel marzo había sido inusualmente lluvioso.

Un hombre y su hijo se encontraban allí. El hombre hablaba sobre pulpos. El chico afirmaba que se había descubierto que «ellos sentían» y que por eso era una crueldad matarlos.

En ese momento se escuchó una sirena de policía, luego otra. Las luces azules de las patrullas se reflejaban en el aire y las gotas de lluvia adquirían una tonalidad azulada.

Un gorrión cayó ante los pies de Vita. Parecía haber muerto. El niño dijo algo a su padre sobre el animal. Vita lo tomó en sus manos y comprobó que ya no respiraba.

—Tal vez se ha perdido y su casa sea algún jardín —le dijo el chico a Vita.

Ella supo lo que deseaba. Era natural resistirse a verdades crueles, sobre todo si se era sensible.

—Es una buena idea dejarlo sobre la rama de un árbol, bien protegido. Allí de seguro, después de descansar, volverá a volar —argumentó ella con voz convencida.

El chico pareció pensar en algo, movió sus ojos color uva de un lado a otro, y se dispuso a hablar más animado. El momento crítico en su pensamiento ya había pasado y estaba repuesto.

—Sí. Esa es una buena idea —convino.

Vita se dirigió a la entrada del Real Jardín Botánico, situado justo detrás de ellos.

—Espere. Use nuestro paraguas —dijo el hombre.

Vita casi no miró su cara, solo lo necesario para tomar lo que le ofrecía. Sí se fijó en su camiseta, era la clásica de los Rolling Stones, la de la boca roja y la lengua.

Tomó el paraguas y, con el gorrión en la otra mano, se perdió en el jardín.

En un par de minutos volvió.

—¿Se ha despertado? —preguntó el chico.

—Aún no. Pero lo he dejado cubierto. Seguro lo hará antes de que llegues a donde vas. Los pájaros hacen todo rápido; comen, duermen, todo, como si fueran a llegar tarde a alguna parte y no tuviesen mucho tiempo para distraerse. Así que solo dormirá lo necesario —razonó Vita.

El chico comprendió y le sonrió.

—Gracias —dijo el hombre al recibir el paraguas. No las daba por el paraguas, sino por la versión animada de las cosas que había ofrecido a su hijo.

En ese momento, llegó el bus esperado y otro gorrión voló cerca.

«Si miras arriba, lo verás y creerás que está vivo», dijo Vita hablando en secreto con el chico. Deseando que pensara, si veía al gorrión, que el otro no había muerto. Luego se dijo que era muy fácil engañar a todo el que desea algo.

3

Durante todo el trayecto hasta el bar Bedford, Vita Bell estuvo pensando en cuáles serían los deseos de la mujer que pretendía conocer y asesinar en París. Esta solía ser una de sus ideas fijas.

El tráfico era pesado, la ciudad estaba congestionada. La Puerta de Alcalá seguía cubierta con aquella especie de manto que simulaba su fachada, esto debido a la restauración que adelantaban sobre ella. Eso la dotaba de una capa de irrealidad, de una fantasmagoría que, viéndolo bien, representaba a la perfección la época que corría, a juicio de Vita Bell.

La lluvia continuaba cayendo.

Ella sintió, de pronto, frío en las manos. Las miró y lamentó haber guardado los guantes que compró en Fráncfort. Aquellos que dejaban la punta de los dedos descubiertos y que le permitían escribir con soltura. Puso sus manos desnudas sobre el pantalón negro que se había puesto. De repente las vio más alargadas, más blancas, como si les pertenecieran a una persona más pálida. Pasó la lengua por sus labios y se dio cuenta de que una niña la miraba, le sonrió. Ella también lo hizo.

Cuando se anunció la parada Velázquez-Juan Bravo, bajó del autobús. Aguardó el cambio de luz y luego cruzó la calle. Cuando iba a mirar el edificio de la embajada y dedicar ese mínimo instante a admirar su belleza hubo algo que la sorprendió. Fueron varios ladridos furiosos y cercanos los que la hicieron girar. Un *husky*, que aguardaba con su dueña en la esquina, desató una ráfaga de rabia hacia ella, convertida en fuertes ladridos y gruñidos, ante el asombro de la chica, que no se explicaba el extraño comportamiento del animal.

—Thor, ¿qué diablos te pasa?

El perro tiraba de la correa y pretendía ir hacia Vita.

Ella miró sus ojos casi blancos, enmarcados en el contorno oscuro, y sus colmillos brillantes, su boca chispeante de saliva.

—¡Thor, ya está bien! Perdone, nunca se había comportado de esta manera —explicó, confusa, la joven.

Luego tiró de la correa para llevarse al perro lo más lejos posible.

A medida que Vita continuaba su camino y se alejaba de esa esquina, continuaba escuchando los ladridos de Thor, que parecían seguir un compás, un ritmo. Pudo entender su patrón. Incluso Thor se había vuelto predecible.

Luego llegó al bar y entró.

Por una vez olvidó mirar a la armería y preguntarse

quién diablos podía disfrutar matando a un cervatillo. El rito del ingreso al bar había quedado inconcluso por una vez. Pero eso no sería lo único que cambiaría aquella noche del viernes 31 de marzo.

4

En cuanto entró, giró a la izquierda, bajó los cinco escalones del desnivel que la conducían a la barra donde se hallaba su puesto predilecto, justo entre las esculturas de los dos veleros y frente a la pila de portavasos donde Joaquín preparaba los cocteles.

Aquella noche tocaba el turno solo a Modesto. La saludó tal como ella esperaba, con idéntica entonación e igual pronunciación a la que tenía almacenada en su memoria. Vita respondió de la misma manera, como lo hacía siempre, como una autómata. Envidió lo que sintió cuando Thor le ladró, esa sorpresa, ese ardor ante lo inesperado. Ya nada lograba aquello, ni nada mejoraba el sabor de la ginebra en su boca.

Había dejado la consulta cuando su hija y su marido murieron en el accidente. Se había refugiado en la ficción, en sus historias. Un buen día, cuando Eloise comenzó a dar muestras de que no sería alguien dócil ni comunicativa, y cuando Renart había comenzado a distanciarse, ella se decidió a escribir de una manera diferente; ni ensayos psicológicos ni casos de estudio. Escribiría una novela en donde pudiese volcar su imaginación. Lo había conversado con un amigo escritor y recibió justo lo que necesitaba de él, la suficiente petulancia como para decirse a sí misma:

«¿Es que alguien es dueño de la escritura?».

Sin pretensiones literarias, había comenzado su camino como escritora de novelas con ningún éxito. Podía decirse que, así como el deporte salvaba a mucha gente de la rutina, la salvación para Vita había sido sus historias nutridas de las experiencias de sus antiguos pacientes, los psicólogos forenses.

El hecho es que ahora pasaba por un bloqueo tal que la única idea que poblaba su mente era conocer a la amante de Renart y matarla, para luego escribir sobre ello.

Recibió la copa helada de manos de Modesto. Como siempre, él esperó que probara el martini seco con casi nada de vermú y dos aceitunas, tal como le gustaba.

Cuando Vita elogió el trago, Modesto miró al suelo y luego, con un movimiento marcial, llevó la cabeza de arriba abajo, lo que hacía que un largo mechón de pelo blanco atacara sus ojos y que después volviera a su lugar. Era un movimiento rápido, como el que Vita había descrito en los pájaros.

Cuando Modesto se retiró para atender a un hombre que se había sentado junto a ella, tomó otro trago y dejó la copa sobre la barra. Miraba la aceituna que se posaba sobre la otra y pensaba que tal vez si Thor hubiese logrado su cometido y la hubiese mordido, o al menos la hubiese obligado a correr y resguardarse en el patio de la bonita embajada marfil, tal vez algunos de los guardias de seguridad la hubiesen confundido con una terrorista y le hubiesen disparado de manera certera. Ahora su historia sería otra.

«Si algo de eso hubiese pasado...», se dijo, pero sabía que aquello era esperar una salida demasiado fácil.

No le quedaba otra cosa que acabar con el martini, pedir otro, mirar alrededor e interesarse por la vida de alguien más. Podría tal vez ser la del hombre que se había sentado a su lado y pedido un *whisky* en vaso bajo y dos piezas de hielo. Si no podía descubrir nada sobre él, entonces volvería a casa y escribiría sobre el chico y el padre «Rolling Stones». Los que había imaginado junto a ella cuando el gorrión cayó muerto a sus pies.

No había nadie con la doctora Vita Bell en la parada junto al Real Jardín Botánico.

Nadie en absoluto.

5

VITA BELL ACOSTUMBRABA A POBLAR su vida con personajes de ficción con los que interactuaba para luego escribir sobre ellos.

El hombre a su lado llevaba una carpeta color verde oliva entre las manos. Manipulaba un móvil, escribía textos y esperaba respuestas. Vestía de manera muy formal. Se dijo que parecía un trabajador estresado. No era desagradable su apariencia, pero tampoco era atractivo. Sobre todas las cosas, era funcional. Sí, parecía un hombre racional que trabajaba para una gran organización.

Terminó el primer martini y pidió a Modesto uno más.

Sonaba *Master of Disaster* de John Hyatt. Tal vez había imaginado la camiseta del padre del chico sensible a la vida perdida del pequeño gorrión, porque la última vez que estuvo en ese bar sonaba *Let it Bleed*. Esa, la canción del apocalipsis, la del fin del mundo de los *Rolling Stones*.

Se encontró de repente cantando una estrofa de la canción de Hyatt, cantándola internamente, sin mover los labios más que para tomar el segundo trago que Modesto le había preparado.

«Estás en mi corazón, aunque estemos a millas de distancia».

Una lágrima cayó en la nueva copa.

Después de todo, estaba viva, porque solo los vivos lloran y algunas veces desean vivir como si la vida importara.

Algo pasó que la sacó de sus pensamientos y emociones.

—Eva Bell, debo hablar con usted para hacerle una proposición de trabajo —dijo el hombre que estaba a su lado. Luego dejó el vaso de *whisky* vacío sobre el mostrador y le pidió otro a Modesto.

—Sí que sabe iniciar una conversación de barra —comentó ella con una sonrisa sarcástica. La noche estaba desarrollándose de una forma diferente a lo que había esperado, y eso en realidad le parecía extraño.

Ahora de fondo tocaban *Betty Davis Eyes*.

—¿En qué consiste su propuesta de trabajo? —preguntó Eva Bell, a quien pocos conocidos llamaban Vita tal como si ese fuese su verdadero nombre. Intentó sonar divertida.

—Ha habido un asesinato sumamente inusual dentro de la ciudad medieval amurallada de Ávila. Voy camino hacia allá. Mañana nadie, ni siquiera en un sitio como este, hablará de otra cosa. Puedo adivinar el nombre que pondrán al asesino, aunque puede que me equivoque, porque se superan a sí mismos. Me refiero a los medios. Creo que lo llamarán «el Santero».

—¿Qué tengo yo que ver con eso? ¿Quién es usted? —preguntó.

—Mucho. Fue usted la última psiquiatra del psicólogo forense Fabián Vejar.

Vita recordó al hombre que mencionaba. Alguien que dejó su trabajo y fue a refugiarse en el norte del país, hastiado de los crímenes. Era un tipo nervioso que movía los dedos de la mano derecha cada vez que tenía cerca una superficie sobre la cual descansar. En su fuero interno, Vita lo llamaba «el pianista» por esa razón. Lo trató antes del accidente de Eloise y Renart. Quizás fue uno de sus primeros pacientes. Incluso el primero; uno que llegó antes de que ella obtuviera fama como una buena psiquiatra de los forenses.

—Vejar estaba convencido de que el hombre, o la mujer, que cometió el crimen no resuelto de Sanchia Paz volvería a asesinar. Y parece que lo ha hecho, después de doce años.

—¿Por qué no busca a Fabián Vejar? —preguntó visiblemente interesada. Ya no atendía a las canciones que se escuchaban en la planta baja del bar.

—Porque Vejar ha muerto.

—¿Cómo ha sabido dónde encontrarme? —preguntó.

—Es usted lo que podríamos llamar una mujer de costumbres.

—Eso es cierto —aceptó.

También se imaginó que este hombre había ido a su

piso, había preguntado al conserje sobre su paradero y este le mencionó que tal vez estuviera en el «bar de siempre». Después de todo, presentarse como alguien que parecía policía o del sistema judicial podía impresionar a cualquiera.

Pensó en pedirle al hombre que le mostrara alguna identificación, pero no quería acabar con el misterio de esa noche de una forma tan cartesiana. Por el contrario, lo que estaba interesándole era lo enigmáticos que estaban resultándole los minutos.

—¿Qué es lo que ha pasado? —preguntó.

—¿Usted recuerda las sesiones con Vejar?

—Vagamente. En estos días recuerdo pocas cosas, porque he cerrado mi consulta y estoy dedicada a escribir ficción. Podría decirse que ahora vivo otra vida. Y aunque las recordara, no podría contar nada de lo ventilado en mi consultorio. Si es usted investigador criminal o algo por el estilo, debería saberlo —argumentó Vita.

—Le daré media hora para que lea esto —dijo el hombre y señaló la carpeta que tenía en su poder.

—¿Me dará media hora? —repitió ella sin poder creer la pretensión que acompañaba a su interlocutor.

—En treinta y cinco minutos saldré a Ávila. Allí se cometió el crimen hace dos horas. La gente tiene la extraña tendencia de querer saberlo todo sobre los crímenes escabrosos, aunque en cualquier otra materia no le importe permanecer ignorante. En aquella silla del rincón, junto a la escalera, la luz es más fuerte que acá —sugirió.

Vita recordó por un segundo el cuadro que la había atraído los últimos días. Estaba muy de acuerdo con lo dicho por el sujeto con el que hablaba. La danza de la muerte representada en la pintura mezclaba hombres, mujeres y esqueletos en un mundo de tono rojizo, donde nadie se salvaría al final. Tal vez ese era el motivo del interés que desde siempre generaba que alguien matara a otro ser humano. Porque recordaba la verdad del mundo al que solíamos disfrazarle su naturaleza miserable. De cualquier manera, Vita tenía la impresión de que aquella noche era como un germen para ella, algo que derivaría en otra cosa diferente a la planificada.

—Soy Maurice Scott del CNI y la esperaré en el coche. Un Peugeot 3008 aparcado en la esquina frente a la armería —dijo, pidió la cuenta de su trago, pagó y se fue.

Maurice Scott dejó la carpeta sobre la barra, junto a la pila de portavasos, antes de irse.

6

«EL CNI, el Centro Nacional de Inteligencia...», se repitió Vita ahora con otra intención.

Renart Onate, su marido, mantenía algunas veces relación con ellos. Tal vez muchas más de las que estaba dispuesto a admitir. Los últimos años había sido ascendido y tomó el cargo de director del Centro de Altos Estudios Policiales. Desde esas alturas del poder, todas las direcciones se relacionaban.

«Tal vez Renart le habló de mí alguna vez. Quizás lo conoció...».

Esa era solo una de las dudas que poblaban la cabeza de Vita en ese momento, pero, extrañamente, no era la más importante.

La carpeta a su lado le parecía tentadora. No podía negar que venían a su memoria inquietudes, sensaciones, emociones del pasado, de cuando creía que con su trabajo podría marcar alguna diferencia, de cuando disfrutaba lo que hacía.

El contenido de la carpeta verde resultaba un estímulo total.

Vio entonces su mano moverse hacia ella. Tomó la carpeta y la abrió. Luego la inferior y miró. Alguien llamado Jacobo Aro, de la Policía de Ávila, había enviado un correo a Maurice Scott:

... Siguiendo indicaciones del jefe superior de la Comisaría General de la Policía Científica manifiesto lo sucedido dentro del recinto amurallado de la ciudad de Ávila. La indicación explícita es que al sucederse un crimen, un asesinato de naturaleza compleja, de inmediato se le comunique. Una vez establecida esta comunicación, se ha aclarado que usted sería el encargado de conducir las primeras horas de actuación policial y científica de la forma más discreta posible. La ciudadana residente de esta localidad, de nombre Helena Mayo, propietaria del negocio Embutidos Tornadizo, ha sido asesinada. Ha sido hallada por su pareja, de nombre Enrico Campomanes, con quien convivía desde hace ocho meses. La víctima muestra una herida de arma punzocortante en el pecho. Ha sido recubierta casi en la totalidad de su cuerpo y sus ropas por una pintura acrílica de color plomo. Sus extremidades han sido dejadas en una posición similar a la que muestra la escultura de santa Teresa de Jesús en las cercanías de la iglesia y de la casa natal de la santa. Es de alta prioridad elaborar un plan de respuesta y comunicaciones una vez que el hecho sea conocido...

Vita se detuvo. Tomó la copa e ingirió lo que quedaba en ella. Ya no estaba frío el martini. Tal vez la lectura le había llevado más tiempo del que suponía.

Miró la hora en su móvil, que cogió del bolsillo de su pantalón, no la había mirado cuando Maurice Scott se fue, pero debía haber transcurrido pocos minutos.

Continuó leyendo. El documento contenía algunas

otras ideas de naturaleza burocrática. Nada que ampliara la información sobre el asesinato de Helena Mayo.

Pagó a Modesto, cerró la carpeta y salió del bar Bedford, el que también había cambiado para ella. Ahora era como una plataforma que dejaba atrás y que la conducía a un nuevo destino. Incluso olvidó el viaje a París que haría al otro día.

Cuando vio el coche negro y a quien decía llamarse Maurice Scott junto a él apagar un cigarrillo con la suela del zapato, volvió a recordar su misión del otro día. Por fortuna, la ciudad amurallada de Ávila quedaba a una hora y poco más de Madrid. Podría hacerlo todo: ir y volver.

«¿Y si Maurice Scott no era quien decía ser?», pensó.

«Eso era lo de menos», se dijo. Ella tampoco lo era. Para el mundo, era una psiquiatra, pero ya había cambiado. Ahora se veía a sí misma como una asesina. Tal vez por eso, y por lo que había aprendido durante los años que ejerció su profesión, no habría nadie mejor que ella para comprender al asesino de Helena Mayo.

Aquello que le estaba sucediendo era, sin duda, mejor que la mordida de Thor.

Subió al coche, en la parte trasera, junto a Maurice Scott.

Percibió un olor agradable, a bosque, a madera. Miró hacia la izquierda por la ventanilla, allí estaba la Embajada de Italia, como despidiéndose. Tuvo la impresión de que sería la última vez que la vería. Fue entonces cuando se dio cuenta, cuando el conductor se detuvo en la esquina de la calle Juan Bravo con la calle de Lagasca, de que estaba haciendo algo increíble. No había vuelto a subir a un coche desde el accidente en el cual su hija perdió la vida y, al poco tiempo, también su marido.

Recordó un pasaje de un libro cuyo nombre había olvidado, como tantas otras cosas, aunque sí recordaba que la idea era de Kundera:

«Las metáforas son peligrosas. Con las metáforas no se juega. El amor puede surgir de una sola metáfora».

Haberse comparado con el esqueleto que pintó Brueghel podría haberla convertido en una observadora de la muerte, y ese papel, ahora, transformarse en su única obsesión. Porque Vita era una persona algo demodé, a pesar de tener solo treinta y siete años. Era de moverse por obsesiones. Eso le reprochaba Eloise y también Renart.

—¿Es Enrico Campomanes, la pareja de Helena Mayo, un sospechoso? —preguntó a Maurice Scott.

Hacía mucho tiempo que no realizaba una pregunta con tantas ganas de conocer la respuesta.

7

—CREO que es el principal sospechoso. Al menos, a los ojos de la conciencia colectiva.

—¿Por qué? —preguntó.

—Porque habían discutido. Helena Mayo iba a dejarlo. Enrico pertenece a una familia poderosa, y de su familia, fue el único que decidió no mudarse a Madrid y quedarse en la ciudad amurallada. La gente lo ve como alguien extraño, incluso peligroso. No habla con casi nadie, es más bien huraño. A todos les pareció una rareza que Helena Mayo entablara una relación con él. Cuando joven, era comprensible. Enrico era un joven atractivo y de buena familia, pero pasado el tiempo, se ha convertido en un hombre con casi ninguna habilidad social. Ellos habían sido novios de adolescentes.

—Volver al pasado puede no ser tan malo. ¿Qué sabe de Helena Mayo? Allí no es mucho lo que dice —expresó, refiriéndose a la carpeta que llevaba consigo al subir al coche, y que ahora había dejado en el espacio entre ellos dos.

—Tenía cincuenta y dos años. Había vivido en Madrid, y había vuelto a Ávila en busca de tranquilidad. Padecía una enfermedad en los huesos, pero estaba controlada gracias a un tratamiento. Era equilibrada, amable. Había logrado éxito económico por sus propias capacidades y trabajó con un buen cargo en una empresa. De repente, decidió dar un giro de timón y volver a la ciudad donde nació. Era muy valorada por todos. Su negocio de embutidos era el mejor y el más visitado por los turistas. Allí, en Ávila, se encontró de nuevo con su amor del pasado, Enrico Campomanes. Como le digo, el hijo menos exitoso de Diego Campomanes, un conocido empresario de la zona. Su riqueza proviene de los campos que rodean la ciudad amurallada y del ganado negro, que es de mayor calidad. Son gente poderosa en el sector —resumió Maurice.

A Vita le gustó la forma de pensar de Maurice, la manera como planteaba las ideas. Le pareció un hombre efectivo, práctico

—He leído la forma en que asesinaron a Helena Mayo. No tiene nada que ver con la manera en que fue asesinada Sanchia Paz —expuso Vita. Ella recordaba que a esa mujer, residente de Madrid, la habían asesinado estrangulándola. Había muerto por asfixia.

—Lo sé. Pero su paciente, Fabián Vejar, ha perdido el juicio años antes de morir. Tenía una obsesión y una idea fija que mencionaba a todas horas: el asesino de Sanchia Paz volverá a matar y lo haría en Ávila. Lo haría de una manera espectacular, simulando la postura de los santos. Eso decía una y otra vez.

—En ningún momento me habló de eso a mí. ¿Ha dicho los santos y no la santa?

—En efecto.

—Eso significa que habrá más muertes —razonó Vita.

Maurice asintió.

—Sanchia Paz murió en el año 2009, en su piso en la calle de Antracita, al sur de la ciudad. Vivía sola. Era doctora y trabajaba en el Hospital Universitario Doce de Octubre. Una chica normal sin amistades peligrosas. Se habló de un novio extranjero al que nadie conoció nunca. Al menos, no su familia ni sus amigos del hospital.

—Espere, Maurice. Si Vejar hubiese encontrado alguna pista que lo condujera a alguien en concreto, él lo hubiese dicho. ¿Por qué razón iba a callarlo? ¿No cree usted que por otra razón pudo haber prefigurado este asesinato de Helena Mayo? Tal vez fue coincidencia — argumentó Vita no muy convencida.

—Es posible. Usted es la psiquiatra. Y nos interesa su opinión. Lo que pedimos es que conozca los hechos de primera mano, que entreviste a Enrico Campomanes. También que comparta las sesiones que tuvo con Vejar, solo en el caso de que considere de interés hacerlo. Está en su derecho de faltar al secreto profesional y todo eso. Sin embargo, le recuerdo que Fabián Vejar está muerto y que siempre fue un hombre solitario, sin familia. Puede que al hablar con Enrico logre despejar algo dormido de su mente.

—¿Cómo murió Vejar? —preguntó de repente Vita.

Se esforzaba por recordarlo. Logró visualizarlo de nuevo: era un hombre alto, delgado, calvo y pálido. Tímido, muy inteligente, depresivo, con un gusto exagerado por la cacería. Eso lo recordaba muy bien. De hecho, recordaba que cuando lo veía más animado en las consultas era porque acababa de venir de cacería.

—Se quitó la vida. Pidió un permiso especial en el centro psiquiátrico para ir a casa, a una pequeña cabaña que tenía en Cercedilla, y se disparó con una de sus armas de caza.

—¿Hace cuánto tiempo? —preguntó Vita, extrañada. No recordaba nada de esa noticia.

—Hace dos años.

Al escuchar eso, comprendió. Ya su vida había cambiado y pasaba días enteros sin enterarse de nada en el mundo. Fue en ese tiempo que descubrió que Renart ya no la quería.

—Debo ser totalmente sincero con usted, doctora Bell. Tenemos otro sospechoso...

Ella lo miró, interrogante.

—El alcalde de la ciudad, Mateo Cala.

8

Aquello imprimía mayor complejidad al caso y también mayor interés para Vita.

—Para otros males adicionales, la época no es buena. La ciudad está a las vísperas de las celebraciones de la Semana Santa. Quienes la visitan, en parte, van movidos por intereses religiosos, pero lo más importante es que quienes residen allí no podrán comprender esto. Además, en el casco histórico de la ciudad coinciden en este momento dos actividades, una es patrocinada por representantes de la empresa cárnica. Están reunidos en el hotel La Catedral en la organización de un encuentro de chefs, algunos conocidos. Este hotel se encuentra cerca de una de las puertas de la antigua muralla y muy cerca de donde ocurrió el crimen. Otra, un equipo de producción para una serie de televisión centrada en las figuras del medioevo. Además de los grupos de turistas sudamericanos y norteamericanos. Los *tours* de cada año que en primavera se animan a conocer la ciudad.

Ahora Maurice hablaba desde la perspectiva del sistema, de los inconvenientes que padecerían tal vez en el ministerio, no desde la perspectiva de la víctima. A Vita esto la molestaba. Era un rasgo que había descubierto en Renart, ese insoportable desdoblamiento que llevaba a dejar de interesarse por la vida de alguien y poner en el centro «la vida del sistema».

—Ya —alcanzó a decir ella—. ¿Por qué el alcalde es sospechoso?

—Enrico Campomanes lo afirma. Dice estar seguro de que Helena Mayo discutió con Mateo Cala horas antes del asesinato.

—Es poca cosa para considerarlo sospechoso. Más aún si quien se le antoja como culpable es otro sospechoso —argumentó. Sabía quién era Mateo Cala Guillamas. No creía que hubiese alguien que no lo supiera. Había desatado un carisma político incontestable los últimos meses y se hablaba de él como el próximo candidato independiente que tal vez sonara para aspirar a las elecciones generales y a ocupar la silla de la Moncloa.

—¿Sabe usted quién es el alcalde Mateo Cala Guillamas? Debe saberlo, a menos que haya estado recluida dentro de una burbuja sin comunicación con el exterior. De todas formas, le haré un resumen. Es hijo de Esteban Cala Minguela, empresario dedicado a la educación. Alguien de racionalidad moderna con algunas ideas tradicionales, pero no podemos culparlo, porque ¿quién no las tiene hoy con todo este asunto de la cancelación, y de no sé qué cuentos rebeldes? Bien. Mateo es el menor de cuatro hermanos y el único dedicado a la carrera política. Heredó ese interés de su madre, Bernarda Guillamas, perteneciente a una familia de abogados, algunos de ellos ligados a la nobleza. El asunto es que Mateo Cala Guillamas, desde chico, comprendió que tenía una enorme habilidad para el convencimiento popular.

Vita se iba acostumbrando a la voz de Maurice. Hacía tiempo que no escuchaba a un sujeto inteligente hablar. En realidad, hacía tiempo que no escuchaba a nadie hablar con ella. Sus escuchas clandestinas en el bar, en el bus, en las calles, no contaban como conversaciones. Tampoco las que sostenía con sus personajes ficticios.

—Mateo estudió en un colegio perteneciente a la prelatura de la Santa Cruz y del Opus Dei. Eso de niño, pero luego su temperamento rebelde hizo que saliera de esa institución. En pocas palabras, comenzó a ser la oveja negra de la familia Cala Guillamas. Cursó estudios en Francia e Italia. Vivió unos años en Madrid, entre 2002 y marzo del 2004. Se graduó de abogado y luego en Filosofía y Ciencias Políticas en la Universidad de Florencia. Volvió al país y comenzó su sonada carrera política, luego de un breve paso por los departamentos de comunicación corporativa de varias empresas. Es un soltero empedernido, no ha entablado una relación de pareja estable con nadie. Digamos que su pasión es la política. Incursionó en ella en Madrid, pero no le fue bien al principio. Luego se retiró a Ávila, recuperó la casa familiar, la vendió y compró un discreto piso dentro de la ciudad amurallada. He dicho discreto, no barato. Desde allí su carrera política ha sido fulminante, rápida. Parece como si de repente todo se hubiese alineado a su favor. La coalición de izquierda de la provincia lo invistió como alcalde. Llega a casa solo a dormir. Pasa sus horas en el despacho. Es lo que puedo decirle sobre él.

Maurice era como un libro abierto para Vita y por eso le dijo:

—Pero usted, Maurice, cree que el alcalde es el asesino de Helena Mayo. Usted cree que él es «el Santero» —concluyó Vita ante la mirada repentina y asombrada de Scott.

9

—¿De dónde saca eso? —preguntó.

—«Creo que el principal. Al menos, a los ojos de la conciencia colectiva», y «tenemos otro sospechoso». Esas han sido sus palabras exactas. Me gané la vida muchos años escuchando a las personas, interesándome por sus palabras. Unas y no otras. La selección de las palabras es de las mejores ventanas que tenemos para analizar las mentes. Usted ha contrapuesto lo que ha llamado «conciencia colectiva» contra la mención de un «nosotros». De forma que ha dejado claro que el colectivo sospecha de Enrico Campomanes y que ese «nosotros», que es lo mismo a decir «usted», sospecha del alcalde.

Maurice sonrió.

—Muy bien. Me ha cazado. Sospecho de él.

—¿Me dirá por qué?

—Porque hace media hora mi Departamento me informó que Sanchia Paz tuvo una relación amorosa con él.

Vita recordó la imagen de Mateo Cala en la televisión. Un hombre de un atractivo extraordinario con facciones clásicas: nariz perfecta, labios finos y alargados, la forma de la cara angulosa y los ojos algo grandes. Llevaba una barba corta, creía. Así lo recordaba.

—¿Eso lo supo antes o después de decidir buscarme?

—Antes de llegar al bar y después de salir de su piso, en donde el amable conserje me informó de sus gustos. Así que podemos decir que lo supe antes de decidir buscarla, doctora Bell.

—¿Lo que me ha dicho de Fabián Vejar es cierto? Esa descripción tan inverosímil, tan parecida a un ejercicio de precognición, ¿es cierta? ¿En realidad dijo que el asesino de Sanchia Paz volvería a matar en la ciudad amurallada?

—Claro que lo dijo —respondió Maurice en tono neutral—. A un residente del centro psiquiátrico donde se recluyó. Contamos con un sistema de registro de ideas inusuales en instituciones de distintas naturalezas. Esta, a uno de los médicos del centro, le pareció fuera de lugar y la registró. Lo mismo que hacemos en cuanto a las búsquedas por internet de temas sensibles a la seguridad nacional.

Pero Vita no le creyó del todo. Dudó de que alguien le estuviera tendiendo una trampa a Mateo Cala. Y ese hombre que estaba junto a ella podía ser parte importante de la trama. Recordaba la personalidad de Cala, su carisma. Lo que había escuchado de él en televisión y lo que había leído en prensa le gustaba. Había escuchado a varios analistas opinar que Mateo Cala bien podría ser el próximo presidente del país.

Sabía cómo podían llenarse de objetivos y estímulos los hombres como Maurice y como Renart, si funcionaban para la oposición política de Cala. Tal vez algunos se estaban encargando de ensuciar la imagen del alcalde luego de haber conocido que tuvo una relación con Sanchia Paz. Incluso podría ser que lo de Vejar fuera una invención.

De repente, le parecieron dos gotas de agua ellos dos, Renart y Maurice, y dos gotas de aceite Helena Mayo y Sanchia Paz. Y todas las víctimas de quienes anteponían los intereses políticos o estratégicos a los humanos. La verdad les importaba un cuerno a los Maurice de esta vida, pero a ella sí que le importaba.

Recordó a Renart con su sonrisa perfecta y su bufanda azul. La que se puso aquella noche del accidente. Y se la había llevado a ella, a Eloise… Se irían a la sierra porque ella, Vita, estaba «insoportable». Eso era lo que habían dicho los dos. Vita se quedó en el sofá con la botella de ginebra a la mano. Y luego se durmió hasta que la realidad la había despertado; el infierno, al triunfo de la muerte.

Ahora imaginaba a Maurice como la parca misma y el Peugeot 3008 como el caballo rojizo que montaba. El chofer sería un esqueleto burlón. Había tomado su puesto en el cuadro. Y ella ahora era una mujer viva, una que haría algo por una desconocida llamada Helena Mayo, que debía respirar, puede que en su lugar. Una mujer que merecía vivir porque de seguro jamás habría fantaseado con matar a alguien tal como ella sí lo había hecho los últimos meses.

—Le sucede algo, doctora Bell —preguntó Scott.

Ahora Vita lo imaginaba como un monstruo disfrazado de hombre racional, de ser humano. Estaba segura de que Maurice Scott no era alguien de fiar. Como tampoco lo fue Renart.

—Me encuentro bien. Solo algo confusa.

—No se preocupe. Todos lo estamos. Esto será un pandemónium. Espero que esté preparada. ¿Ha visto antes una escena del crimen?

—No en la realidad. Muchas veces en la ficción. Como le he dicho a través de las palabras, he conocido muchas de ellas. Y puede que hasta peor, porque estaban impresas en las memorias de los psicólogos forenses, contaminadas con sus propios temores y con lo que ellos traducían de los asesinos.

—¿Es que los psicólogos forenses temen a algo?

—Todos tememos, agente Scott. Ese es el principio de la maldad —respondió Vita.

—¿Por qué cree usted que el asesino quiso asemejar a Helena Mayo con la santa de Ávila? —preguntó él.

—¿Es usted religioso, agente?

—Lo soy.

—Creo que tal vez habrá que buscar la clave en la vida de Teresa de Jesús. Es un personaje místico, inteligente, excepcional para su época. Digamos eso en términos mundanos, sin profundidades religiosas. Tal vez para el asesino, Helena Mayo era similar.

—¿Entonces por qué la mataría si era así de virtuosa?

Vita Bell hizo silencio. Por primera vez lamentó no recordar más detalles sobre su vida pasada cuando ejercía de psiquiatra, antes de que la ficción la comenzara a acompañar y sus personajes a poblar el mundo que había quedado vacío al perder a su familia.

—Supongo que ya tendrá gente investigando la vida de Fabián Vejar —aventuró Vita.

Maurice asintió.

Pero ella no se confiaba; iniciaría su propia investigación al respecto.

—Tengo entendido que programa usted un viaje para mañana, para París —comentó Maurice.

—No se preocupe. Eso puede esperar —respondió Vita. Helena Mayo, por el momento, era más importante que la mujer de la *rue* Poliveau.

10

El Peugeot se estacionó frente a la Puerta de la Santa.

Dos agentes policiales resguardaban el ingreso a la ciudad amurallada.

Maurice Scott y Vita Bell se bajaron del coche y caminaron en dirección al interior de la ciudad. Allí, a pocos metros, se hallaba la escultura de santa Teresa de Jesús.

Vita se detuvo y, con el móvil, tomó una foto.

—Puede que buscara que todo esto cambiara. Piénselo, cuando esto salga a la luz, nadie volverá a mirar la escultura pensando solo en la santa. Ahora también, sobre ese pensamiento original, se superpondrá otro antagónico, uno inquietante, si es que para algunos creyentes ver esta escultura representaba algo bueno, tal como creo —razonó Vita.

—Quiere cambiar las cosas —asintió Maurice.

—Las cosas están como para querer cambiarlas, ¿no lo cree así? —insistió Vita.

—No lo sé. En mi experiencia, los grandes defensores de los cambios suelen convertirse en grandes asesinos. Yo prefiero no aspirar a tanto —respondió él, y sacó un cigarrillo de una cajetilla que guardaba en el bolsillo interior del traje.

Continuaron caminando por la calle Madre Soledad y pasaron frente a la iglesia Siervas de María. No encontraron a nadie en ese recorrido. La ciudad poseía un encanto singular, a pesar de la situación que los llevaba allí. Uno que, aunque contaminado por el crimen de Helena, aún permanecía. El tiempo entre las piedras de las calles y los muros se había detenido, las cosas eran más simples de alguna manera, la medida para las calles eran las personas y no los coches. Y la muralla ofrecía una sensación de protección irreal, pero en cierta forma, eficaz contra la incertidumbre.

Los pasos de ellos dos se escuchaban. Nadie más caminaba por allí.

—Disfrute del silencio. Pronto acabará —razonó Maurice.

Entonces, vieron aproximarse la silueta de un hombre. Era alto, no demasiado, y musculoso, aunque no en exceso.

Caminaba con rapidez, con determinación.

Además, lo hacía como si fuese dueño del mundo, al menos, de esa porción del mundo.

El propio Mateo Cala se acercaba. Una ráfaga de viento frío se levantó y chocó contra ellos. Vita entrecerró los ojos. Solían secarse, y ella olvidaba refrescarlos con gotas. Muchas cosas eran olvidadas por Vita Bell, sin siquiera notarlo, con respecto a su cuerpo. Las sensaciones de hambre, cansancio y sed solo resplandecían cuando era tarde. La atención que se brindaba a sí misma se había ido apagando paulatinamente. Ahora centraba toda su atención en el hombre que caminaba hacia ellos. Su pelo brillaba, era gris. Mucho más de lo que recordaba en las pantallas de televisión.

Maurice se detuvo. Ella también lo hizo. Se hallaban en medio de una calle estrecha, junto a la casa que fue propiedad de Orson Welles. O al menos, eso decía la placa que colgaba a un lado de la puerta.

—Usted debe ser el agente Maurice Scott y usted la doctora Eva Bell. Lamento que hayan venido en estas circunstancias —dijo el alcalde y les tendió la mano, primero a ella y luego a él.

Su voz era como un bálsamo, grave, cercana. Sus ojos grises parecían negros aquella noche. No parecía estar afectado por lo sucedido. Tal vez su disfraz político era perfecto.

—No podemos evitar que esto trascienda, pero al menos intentemos poder dar una respuesta a todos al mismo tiempo. Una en conjunto, alineada. Debemos saber quién hizo esto. El jefe de la Unidad Central de Investigación Criminal se encuentra en donde está el cadáver y también el equipo forense, reducido. Ya se han levantado algunas suspicacias. Pocas, gracias a Dios, porque siendo como es, día entre semana, la gente ya se hallaba en cama cuando Helena... cuando la hallaron.

Vita se dio cuenta de que su entonación cambió al pronunciar el nombre.

Comenzaron a caminar, pero solo dieron unos cuantos pasos. De repente, el alcalde se detuvo y se apoyó justo en el muro contiguo a donde pendía la placa que describía la casa donde vivió el director de cine.

—Es un lugar extraño y trágico. No sé por qué siento algo muy especial —dijo Mateo Cala y comenzó a reír a carcajadas.

—¿Le pasa algo, doctora? —preguntó Maurice.

—No. Todo está bien. Recordaba las palabras de Welles cuando rodó aquí en Ávila. Las leí en algún periódico. También lo importante que fue para la ciudad, porque muchos actuaron como extras en *Campanadas de medianoche*. Mi padre era su admirador —respondió Vita.

Su personaje de ficción, el alcalde imaginario, ya se había difuminado en la atmósfera nocturna.

11

Aunque Vita se preguntaba por qué lo había construido con esa ambigüedad primero preocupado por el asesinato de Helena Mayo, y luego divertido ante el mismo hecho. Tal vez así veía en su subconsciente a todos los políticos, aunque tuvieran el encanto que todos atribuían a Mateo Cala.

Continuaron caminando, y allí, en la esquina siguiente Vita vio el anuncio de «Embutidos Tornadizo». Debajo de él, el horario de apertura y cierre.

Para ser una escena de un crimen, todo estaba muy quieto. La brisa fresca de primavera soplaba, nada se escuchaba. A lo lejos, el ladrido de un perro, y cerca, el maullido de un gato. Nada más.

—¿Cómo han podido hacer para que el crimen permanezca oculto? —preguntó Vita a Maurice.

—No me ha preguntado a qué unidad pertenezco dentro del CNI. Soy de una nueva unidad que se encarga de resolver lo más rápido posible, antes de que la información pública se produzca. Las cosas han cambiado y las personas también. Antes podíamos actuar con tranquilidad, pero ahora hay que anticiparse.

—Y sí que actúan rápido. Esta mujer ha sido hallada hace… ¿tres horas? Y han sido suficientes para que usted se movilice, para que le informen, para que vaya a mi piso y luego vaya a mi bar —completó Vita.

—Hacemos bien nuestro trabajo —respondió Maurice.

Si no fuera porque la interacción con Maurice Scott había sido larga, y las imaginadas por Vita, cuando se trataba de personajes de ficción, solían durar muy poco, pensaría que este agente de esa unidad de inteligencia también era producto de su imaginación.

Todo estaba adquiriendo un carácter surrealista, y no había ningún otro lugar mejor para producirse que en aquella ciudad amurallada y medieval. Ni siquiera ella podría haber seleccionado un mejor lugar para trastocar la tranquilidad.

—Hemos llegado. Recuerde. Su papel es pensar en los detalles que Vejar pudo haberle dicho y que ahora puede que no tenga muy claros. Debemos saber qué lo llevó a afirmar que aquí pasaría algo así.

—¿El esposo de Helena Mayo está aquí?

—Sí. No le han permitido comunicarse con nadie de su familia ni del pueblo. No hasta que decidamos algo. Luego, pues ya vendrán el abogado y los demás, y todo se sabrá.

Vita pensó que asistía a una nueva Edad Media, con su nuevo secretismo. Pero este no perduraría, luego la verdad tampoco se expondría. Solo confusión.

Con esa idea en la cabeza, avanzó dentro de la tienda de embutidos. Ni siquiera afuera había policías apostados. De haberlos puesto alguien que no pudiese dormir en el pueblo, los hubiese visto, y sospechando algo, se hubiese acercado. Había que mantener la normalidad, aunque fuese simulada.

Una vez dentro vio dos hombres uniformados. Otro vestía un traje forense blanco que resaltaba ante el tono rojizo reinante en aquel lugar por culpa de los embutidos que colgaban en todos lados y que se exhibían en los anaqueles negros.

Un olor dulce lo embargaba todo.

Uno de los hombres uniformados les ofreció protectores para los zapatos. Vita se quitó los suyos, de tacón, y se puso los protectores en los pies.

Desde chica, para pensar mejor, debía descalzarse.

Entregó los zapatos al mismo oficial de policía que la miró atónito, aunque luego intentó disimular.

Vita continuó avanzando.

Detrás caminaba Maurice. Nadie dijo nada.

Detrás del mostrador estaba el cadáver de Helena Mayo.

Vita se detuvo para verlo.

La semejanza con la escultura de la santa era indescriptible.

12

EL CADÁVER HABÍA SIDO sentado en una silla que estaba junto a la pared. Se encontraba un tanto inclinado hacia la derecha, como lo estaba la escultura de la santa en la plaza que acababan de atravesar, como si el torso estuviese intentando voltearse un poco, como imprimiéndole algo de movimiento. Tenía una mano sobre la pierna derecha, la otra, sosteniendo un ramo de rosas rojas.

La escultura en su versión original no añadía tales rosas. Las personas las dejaban allí tal vez con intención de dar un toque de color vivo ante la dureza del gris plomizo de la figura, o como alguna petición personal a la santa.

El cuerpo de Helena Mayo estaba cubierto con una pintura gris del mismo tono de la escultura de santa Teresa. A manera de velo, el asesino había puesto sobre la cabeza de Helena unos girones de jamón. Fue un toque cruel que Vita sabía no olvidaría, y que luego su cerebro volvería a sacar a relucir en forma de accesorio de un personaje de ficción.

El rostro de la santa, para el escultor, debía estar cargado de misticismo, con la mirada hacia un punto no terrenal y una expresión de éxtasis. El asesino, con el detalle del jamón sobre el pelo y parte de la frente de Helena Mayo, la había ridiculizado, y el resultado distaba mucho de la pretensión del artista de la escultura. Pero, a la vez, Vita no podía estar segura de eso. Se dijo que el asesino pensó que el jamón sobre la cabeza podría estar dando un mensaje más claro sobre lo que quería expresar con el asesinato. Pudo ser una inspiración del momento, o pudo haber sido pensado con antelación. No parecía alguien que dejaba las cosas al destino o al calor de la ocasión. Había preparado el asesinato, había llevado consigo el arma, la pintura…

El hombre del traje quirúrgico se acercó a Maurice y le dijo algo. Este respondió en voz baja.

Vita continuaba mirando la cara de Helena y pensando. Su parecido con la santa, al menos con la escultura y con las pinturas que habían hecho de la misma, era extraordinario. Un rostro limpio, agradable y a la vez impregnado de personalidad. Las facciones marcadas, el rostro redondo y armónico. Los ojos de Helena estaban cerrados. Eso contrastaba con la escultura y con todas las representaciones de la santa.

—Cerró sus ojos después de asesinarla —dijo Vita.

—Muy considerado —respondió Maurice con cierta impaciencia—. ¿Al ver esto ha saltado en su mente algún recuerdo? ¿Algo que Vejar pudiera haberle dicho?

—No. Ya le he afirmado que a mí no me dijo nada

sobre un nuevo ataque del asesino de Sanchia Paz —respondió Vita.

—Entiendo. Haga usted el favor de pasar a la oficina de aquí junto. Allí aguardan Enrico Campomanes y Melchor Bonilla, el director del Departamento. También Gorka Lavín.

—¿Quién es Gorka Lavín? —preguntó Vita.

—Un agente del cuerpo de investigación criminal. Fue justamente él quien encontró el cadáver. Por ello hemos podido contener hasta cierto punto la noticia. Luego, vio a Enrico Campomanes. Y ya lo demás lo conoce —respondió él.

—¿A qué hora fue eso? —preguntó.

—A las siete de la tarde.

—Este lugar cierra sus puertas a las seis de la tarde. ¿Qué hacía el agente Gorka Lavín aquí a esa hora? —preguntó Vita.

Maurice enarcó las cejas. No respondió.

—Mejor entremos —dijo.

Vita comprendió que había preguntas que no debía hacer. No estaba allí en calidad de investigadora, sino como psiquiatra. A ciencia cierta, no sabía muy bien por qué estaba allí. Parecía que alguien había ideado una ficción especial para ella, y esta apenas comenzaba.

13

VITA MIRÓ por última vez el cadáver de Helena Mayo. Luego se dio la vuelta y siguió a Maurice. Pasaron junto a un anaquel repleto de jamones envasados al vacío y judiones. También tarrinas con conservas. Una vez en un corredor con menor iluminación, giraron a la izquierda y entraron en una oficina. Allí se encontraba un hombre de unos treinta años a lo sumo. Moreno y de ojos castaños. Alto, de complexión fuerte. Y otro, de unos cincuenta y cinco años, de la misma estatura pero más peso, calculó Vita. Este último era un hombre corpulento, de cuello grueso e iba vestido de manera elegante. Su mente trabajó rápido; el primero era Gorka Lavín, y el segundo, el jefe que Maurice había mencionado.

Estos hombres se movieron y dejaron descubierto el espacio para que Vita pudiese observar a otra persona. Otro hombre que estaba sentado en una silla tras un escritorio lleno de papeles. Su cara le llamó la atención. Su expresión era trágica. Se trataba de un hombre calvo, de facciones atractivas. Los pliegues de la piel junto a la boca eran visibles, así como los que rodeaban sus ojos. Su cara estaba tostada por el sol. Sus cejas eran gruesísimas y oscuras. Podría representar el papel del conde Drácula, y lo haría muy bien porque su contextura ósea se parecía a la de Cristopher Lee. Al menos, eso pensó Vita, que desde chica, al conocer a la gente, algunas veces los comparaba con personajes de las obras que conocía.

Era por eso por lo que su madre continuamente afirmaba que su imaginación algún día la mataría. Hasta ahora, no lo había hecho. Al contrario, mucha imaginación le faltó para darse cuenta de que su marido había dejado de quererla.

Pues allí estaba el conde Drácula, afectado por la muerte de su amada, se dijo.

Enrico Campomanes la miró y se quedó detenido en esa mirada.

Vestía una camisa blanca como la espuma, que ahora tenía una mancha de sangre en medio. Llevaba un dije plateado que pendía de una gargantilla de cuero.

—Me acompaña la doctora Eva Bell —escuchó que dijo Maurice.

Saludó al hombre joven y también al otro, sin demasiado interés.

—Gorka Lavín y el comisario Melchor Bonilla…

Vita asintió con la cabeza y luego volvió a mirar a Enrico Campomanes. Le atraía la intensidad, y el único que la mostraba en ese salón era ese hombre.

«El único que hilaba algo. Aunque esto se trataba de una tragedia».

Era un polo de atracción muy fuerte para Vita, que

tenía miedo de volver a creer que la vida era un compendio de cosas mal juntadas, de objetos oscuros sin relación.

«Enrico bien podría haber sido el asesino de su mujer, y en este momento, saber que había acabado con la vida de la única persona que le importaba. Por eso se trataría de un crimen pasional, de dos pasiones antagónicas. Una que lo llevaba a la necesidad de la posesión y otra a la destrucción, tal vez porque Helena iba a dejarlo».

Eso pensó Vita.

Había visto antes esa expresión de desvarío que Enrico Campomanes mostraba. Era la misma expresión que ella había visto al espejo, era su propio reflejo la noche que descubrió que Renart le era infiel.

—Enrico Campomanes, puede negarse, pero nos gustaría que conversara con la psiquiatra Eva Bell. Eso podría ayudarnos a descubrir la verdad. Sabe que está aquí en calidad de sospechoso del asesinato de su mujer, por lo tanto, puede negarse a sostener esta entrevista... —aclaró Melchor Bonilla.

Enrico miró a Vita y respondió:

—Haré lo que sea para que ese hombre pague por lo que ha hecho. Ha sido él quien la ha matado. Ha sido el alcalde de la ciudad.

14

UNO DE LOS agentes policiales se quedó resguardando el ingreso a la oficina, junto a la puerta. También tenía la orden de actuar contra Enrico si se portaba de manera violenta.

Vita se sentó frente a Enrico Campomanes.

Los separaba el escritorio.

Hacía mucho tiempo que no entrevistaba a nadie. Y nunca lo había hecho desde ese lado de la mesa. De alguna manera, sentía que posiblemente Enrico también podía analizarla a ella.

—Esta es la oficina de Helena… Ella adoraba estar aquí —afirmó Enrico y se pasó la mano izquierda por los ojos, como si atajara algunas lágrimas que Vita aún no había podido ver.

Ella lo escuchaba y pensaba en que aquel era un hombre roto.

—Helena no debió mudarse a Ávila. Para quienes siempre hemos vivido aquí, este lugar, la muralla, significa protección. Está en nuestro ADN. Pero para quienes vuelven o vienen por primera vez, significa un espacio de mentira. Ven la ciudad con los ojos de afuera, que no son los nuestros. Yo me hubiese ido a Madrid con ella, si me lo hubiese pedido… —confesó y volvió a secar las lágrimas invisibles.

—¿Por qué dice que el alcalde mató a Helena? —preguntó ella.

—Porque sabía algo de él. Helena tenía miedo. Mucho miedo. Y estoy seguro de que le temía a él.

—¿Cómo sabe que su mujer tenía miedo?

—Por su forma de moverse; sus manos temblaban.

—¿Desde cuándo sus manos temblaban? —preguntó ella.

—Desde hace algunos días.

—¿Qué pasó al principio, antes de que sus manos temblaran? —preguntó Vita.

Enrico hablaba como si fuera un niño, respondiendo las preguntas de una persona con autoridad ante él. Ella parecía haber tomado la punta del hilo para desenmarañar la trama que se desarrollaba dentro de él.

—Se ha referido usted al principio. Debo contarle eso, el principio. No podemos tomar atajos, ¿verdad?

—Algunas veces no es posible.

—¿Sabe que yo pensé en asesinarla? Hoy mismo, esta noche. Helena tenía un amante. Ese era mi atajo…

—¿Mateo Cala?

—No estoy seguro, y ahora esa duda no podré aclararla.

—¿Cómo iba a matarla?

—Algo rápido. Un disparo. Tengo buena puntería.

Vita se vio a sí misma. Había pensado lo mismo que Enrico hacía unos meses. No dejaba de sorprenderle lo parecidas que podían ser las personas, los idénticos pensamientos que podían atacar a desconocidos que nunca iban a cruzarse en el camino. Ella había pensado en matar al hombre que amaba, aquella noche, mirando las ostras que ponía sobre la fuente. Se le ocurrió esa idea. Se vio a sí misma buscando el arma y luego, en la noche, esperando a que se durmiera, y cuando estuviera soñando con esa mujer, con la de la calle Recoletos, solo tendría que disparar y así el dolor se hubiese apagado, no desaparecido, pero sí apagado. Ya él no hubiese continuado queriéndola, las horas se hubiesen detenido y su enemigo, el amor entre ellos, se hubiese quedado sin oxígeno. Si para lograrlo debía también detener el sistema respiratorio de Renart, había que hacerlo…

—Casi siempre los atajos son espejismos —concluyó ella.

—Sí. Es verdad. Estamos llenos de espejismos. Aunque no sirva de nada, se lo contaré desde el principio…

15

—Me dijo que había ingresado en la comunidad de La Nueva Mística. Que era «una comunidad de dos». No le entendí ni le presté mucha atención. Ella asistía a las conferencias que se brindaban en el Centro de Interpretación de la Mística, que está junto a la casa natal de la santa. A Helena le gustaban esas cosas. Como le digo, para quien viene desde afuera, aunque viva dentro de las murallas, ya no puede pensar como quien no ha salido de ellas.

—¿Una comunidad de dos? ¿Quién era la otra parte?

—¡Le digo que no lo sé! Helena decía cosas, algunas veces, incomprensibles. Al menos, para mí. Soy un hombre simple —confesó Enrico.

Tal vez fuera cierto, se dijo Vita.

Pero su apariencia tenía algo de atemporal, algo como constante, eterno. Puede que para ella fuese así porque se le parecía a Cristopher Lee, y solo por esa razón superflua. Solo por eso Enrico podía tomar una impresión de complejidad que no la dejaba pensar en él como un hombre sencillo.

—¿Qué tiene que ver La Nueva Mística con el temor y el temblor en las manos de Helena?

—Que comenzó a hacerse más sensible a todo. Lo que pretendía era como activar un medidor de intenciones en las personas. Todo le parecía grave, veía intenciones criminales en todo el mundo.

Vita pensó que ese cuadro se correspondía más con una persona paranoica. Tal vez Helena estuviese atravesando una crisis, y el asunto de la mística le sirvió como un refugio. Quizás estaba próxima a una depresión.

—¿Helena estaba triste por algo?

—No. Al contrario. Tenía como una vitalidad renovada.

—¿Qué hizo en estos días? ¿Con quién se encontró? ¿Hubo algo inusual?

—Ya les he dicho a los otros que Helena discutió con el alcalde. Tuvo que haberlo hecho porque me dijo que era alguien que nadie conocía en realidad. Tal vez él quiso terminar con ella y se resintió. Helena podía ser muy rencorosa.

—¿Los vio discutir?

—No. No lo hice —respondió Enrico con acritud.

—¿Alguna cosa más?

—Algo le molestó. Una chica, de una empresa audiovisual, se descompuso después de encontrarla en la tienda.

—¿Por qué?

—No lo sé. Helena decidió dejarme al margen de lo que le importaba últimamente.

«Y por eso deseaste matarla», se dijo Vita.

«Tal vez sí la mató él. Y ahora se ha desdoblado y ha adquirido la conciencia de quien padece su ausencia. O tal vez es un excelente actor y eso nos hace creer, y no es más que un feminicida inteligente que viste de simpleza».

—También recibió la visita de Henry Camel, el gerente o encargado de la actividad en el hotel La Catedral. Este le encargó varios productos para unas preparaciones. Acordaron algo que a Helena le satisfizo. Eso ha sido lo único extraordinario de esta semana. De resto, vio a las personas de siempre, a Encarnación y a la hermana Crispina.

—¿Son sus amigas?

—Ella sí, Crispina solo lo justo. No le agradaba el enfoque que le daba a la religión tradicional. Habían tenido desavenencias en cuanto a algunos temas.

—¿Alguna vez Helena le habló de alguien llamada Sanchia Paz? ¿O de Fabián Vejar, en su tiempo de residencia en la ciudad de Madrid?

—No. Nunca me habló de esa época de su vida. Volvernos a encontrar aquí fue como si la vida que los dos llevamos, cada uno por su lado, hubiese sido un paréntesis. Fuimos novios muy jóvenes. Luego ella se fue.

«Y no soportaste que volviera a irse», completó en su mente, Vita.

—Debería usted cambiarse de ropa, Enrico. Además, los forenses querrán quedarse con esa camisa —sugirió.

Enrico miró a su pecho. Antes no había notado la mancha de sangre. Vita lo observaba con mirada analítica, feroz. El hombre volvió la vista al frente. Ahora lo imaginó con la boca llena de sangre, como el conde

Drácula. La sangre de alguien que por poco escapa de su castillo.

—¿Qué hizo que Helena se fuera de la ciudad?

—En ese tiempo, decía que la muralla de Ávila dividía a la gente en dos tipos: los que veían en ella protección y los que veían en ellas un presidio. Le gustaba recitar un verso de Virginia Woolf con relación a la vida y al miedo. Ahora no lo recuerdo. Nunca me interesó la literatura.

—¿Entonces por qué volvió?

—Porque lo que encontró afuera le dio más miedo. Y eso, lo que fuera, la persiguió hasta aquí. Estoy hablando de ese hombre, de ese endemoniado alcalde. Helena estaba aterrada.

En ese momento, alguien se acercaba.

Enrico miró sobre la cabeza de Vita y pareció que una rabia extensa y profunda se apoderó de él. Se levantó y, al hacerlo, la silla que usaba cayó hacia atrás.

Empujó el escritorio, fuera de su paso. Vita se levantó. Él la apartó y luego se dirigió como enceguecido por la ira hacia afuera.

Ella volteó y comprendió la fuente de su odio: junto al policía se hallaba Mateo Cala, el alcalde de la ciudad.

16

—¡Asesino! —gritó.

El policía y otro hombre que apareció con él detuvieron a Enrico. Ya se hallaba a punto de atacar a Mateo. Era un hombre fuerte, rápido. Una especie de bestia.

Los hombres se lo llevaron y Vita lo perdió de su campo visual.

El alcalde no se inmutó ante el inminente ataque físico. Se mantuvo inmóvil sin reaccionar, como esperando el golpe. Una mujer menuda, que vestía de negro y llevaba el cabello corto con flequillo de color rubio, se encontraba junto al alcalde. Ella sí mostró miedo al principio, pero luego, al ver que los policías neutralizaron a Enrico, le dijo algo al alcalde, poniéndole la mano en el brazo.

«Cercanía, intimidad», pensó Vita.

Mateo Cala dio varios pasos para entrar en la oficina donde se hallaba ella.

Luego le extendió la mano.

Era tal como lo recordaba de las fotos de la prensa. Un poco más delgado que como lo había imaginado en el pasaje de Orson Welles. No podía negar que su presencia era imponente.

—Soy Mateo. Lamento que se encuentre en nuestra ciudad en este momento y que el motivo de su visita no haya sido algo más agradable.

—Eva Bell —respondió, dándole la mano.

La mujer que vestía de negro se acercó con rapidez y con cara de espanto.

—Isabel Martiherrero —dijo ella y también le tendió la mano a Vita.

Maurice entró junto con Melchor Bonilla.

—La gente tiene derecho a saber lo que aquí ha ocurrido, por muy horrible que sea. Ya no podemos continuar manteniéndolo en secreto. Llamaré a dos periodistas conocidos de Madrid. Sé que el tratamiento que darán a esto será serio —dijo Mateo.

Melchor Bonilla le pidió que se reunieran en su despacho para discutir la situación. Apuntó, además, que había que dejar hacer su trabajo a los forenses.

Se fueron y Maurice se acercó a Vita.

—¿Y bien?

—No sabe nada de la vida de Helena durante su permanencia en Madrid. Me atrevo a afirmar que no sabe nada de la vida de Helena a secas. Creo que ella era muy diferente a él y que su relación estaba llena de pasado. Tal vez ella buscaba algo de su propia identidad de cuando sostuvo el romance juvenil con el también joven Enrico Campomanes. Me ha dicho algo interesante sobre una comunidad mística. Parece ser que alguien arropó a Helena con ideas atrayentes —sugirió Vita.

—¿Del Centro de Interpretación de la Mística? —preguntó Maurice.

—No. O no del todo. Creo que Helena era bastante capaz de construir su propia creencia, y sobre lo que pudo haber aprendido allí construyó otra cosa. En esa construcción parece que tenía una pareja, alguien significativo. Es posible, me inclino a pensar, que esa persona fue la razón para que ella volviera a este lugar.

—¿Sabemos quién es?

—Podría ser cualquiera. Podría ser una relación secreta. Pero algo sabemos. Es el asesino y Helena Mayo cayó en su trampa. La hizo temer de otros y le dio confianza hacia él o ella; fue su refugio. Las dos claves de la manipulación perfecta.

—¿Ha podido recordar algo de Vejar?

—Esto que le he dicho. Era él quien se atormentaba porque el asesino de Sanchia Paz era el manipulador perfecto. Estaba seguro de ello. Me habló de su casa, de su habitación. Me dijo que la víctima había cambiado, y los objetos lo confirmaban; objetos nuevos, diferentes, asociados a nuevos gustos. Vejar era un hombre muy observador. Intuía una presencia nueva en la psiquis de Sanchia. Y a su manera, Enrico refiere lo mismo.

—Hay que joderse… —exclamó Maurice, mirando el espacio por donde había desaparecido Mateo Cala.

17

—Creo que ya he terminado aquí —dijo Vita.

—¿Le parece Enrico Campomanes capaz de matar? —preguntó Maurice.

—Sí. Todos somos capaces de matar a alguien, con los estímulos correctos y en la situación determinada —respondió—. Pero sé a lo que se refiere. No creo que haya matado a Helena Mayo. No de esa manera. ¿Ha pensado qué significan las rosas rojas? Me pregunto, y si es cierto que habrá más asesinatos, si cambiarán el color de las rosas. Pasaré un momento por la plaza de la santa antes de que alguien, supongo que su chofer, me lleve a casa —dijo.

—Está bien. Se lo diré a Axel. Le agradezco que me haya acompañado…

Fue extraño, pero en ese momento, y no antes, Vita notó que Maurice le resultaba una compañía interesante. Era como un hombre impermeable; como si todo en él resbalara y nada lo influyera. Además, tenía la impresión de que era alguien confiable. Ya no se le parecía a Renart.

—Yo tengo mucho que hacer antes de que se abra la caja de Pandora. Vaya usted por donde quiera. Haga el favor de no comentar nada de lo que ha visto. Ya sé que no lo hará. Es usted discreta. Buena suerte.

Con esas palabras, Maurice Scott salió de la habitación. Vita presintió que estaba dejando pasar una oportunidad y que luego se arrepentiría. Sin embargo, no dijo nada. Maurice Scott era como una puerta que acababa de cerrarse.

Miró alrededor, la oficina de Helena Mayo, y sintió pena por ella. Aquel lugar la aguardaba; la imaginó sentada al escritorio, leyendo o firmando papeles, centrada en su negocio, pero de repente sucumbiendo a una transformación, a lo que Enrico había llamado esa cosa… esa «comunidad de La Nueva Mística».

«¿Qué diablos era eso y quién era el arquitecto de su cambio?».

Vita sintió de nuevo la tentación de quedarse, de llegar al fondo del asunto. Desde hacía meses no le interesaba algo al punto de sentir tensos los músculos del estómago desde un punto muy adentro de la caja torácica, hasta el pubis. Sabía de anatomía, sabía que era el músculo recto abdominal el que la alertaba cuando había emoción en su vida. Ahora sentía esa tensión, ese calambre.

La idea de que en un lugar como ese, tan colonizado por la fe y la tradición, tan consciente de sus dotes demarcados por la histórica muralla, en donde no pasaba nada, ahora fuese el epicentro de uno de los crímenes más extraños sucedidos en el país. Le atraía y la espantaba por igual. Cuando eso sucedía, terminaba ganando la partida en su interior, la atracción. Sin embargo, algo le decía que debía irse a París, continuar con el plan para entonces continuar su vida. Tal vez, después de que lo hiciera, podría dedicarse de nuevo a la psiquiatría forense.

Con esa idea en la cabeza, buscó al agente a quien le había dado sus zapatos. Este se los entregó no sin antes dedicarle una mirada de asombro. Jamás había visto a alguien descalzo en una escena del crimen.

Ella se dio cuenta de la cara de confusión del policía y le pareció divertida. Tomó sus zapatos rojos, se puso primero el derecho. Lo hizo sin sentarse, con destreza. Vita era ágil, delgada. Ahora. De chica, siempre había tenido sobrepeso. Sabía muy bien leer las miradas y los gestos de las personas a su alrededor desde que era una cría. Muchas veces, estas lecturas le hacían ver las fobias que se desataban en contra de su cuerpo, las burlas veladas y los maltratos explícitos. Aunque era agua pasada, formaba parte de su historia y la atesoraba. Algunas veces Lombardo, el chico que más la hacía sentir miserable a sus siete años de vida, volvía, aparecía en su imaginación e interactuaba con ella. Eso, cuando intentaba construir un personaje desagradable y darle cabida en alguna historia.

Salió de la tienda de embutidos sin volver a mirar el cadáver de Helena Mayo. No quería despedirse de ella.

«¿Por qué como la santa?», se preguntaba.

Se detuvo en la calle. Volvió a escuchar el ladrido lejano.

Reconoció a alguien afuera. Allí se encontraba el alcalde. Manipulaba su móvil. Cuando la vio, dejó de hacerlo y se acercó.

—¿Qué opina? Tendrá que ver con el consumo animal. Una retorcida forma de rebelarse. Era quien más vendía, y Enrico Campomanes pertenece a una familia que siempre se dedicó a la producción de carnes. Hay una resistencia en estos tiempos a consumir carne. Creo que, de aquí en adelante, la tendencia es a matarnos entre nosotros, si no hacemos algo —afirmó.

—¿Es que ha habido algún problema aquí con los movimientos veganos radicales? —preguntó Vita. La conversación del niño sobre el pulpo aún latía en su subconsciente.

—Sí. Hace meses, pintaron de rojo algunos lugares.

—¿Por qué mezclar eso con la santa?

—Nadie sabe la capacidad de mezclar cosas que pueden poseer las personas. Tal vez sean fanáticos religiosos que, además, son radicales en cuanto al no consumo de la carne de animales sintientes. Y han instalado una especie de expiación de las culpas, comenzando por este lugar, que tiene todo lo reprobable: religión y tradición, carne. Mucha carne y la historia de los poderosos o reyes gravitando sobre él. Es lo que es esta tierra, un reducto de la distinción y la riqueza del pasado en el corazón del país. Podría ser un lugar idóneo para comenzar a rebelarse.

—¿Tiene usted alguna idea de alguien que piense de esa forma? ¿O quién pudiera ocultar ese tipo de pensamientos?

—Yo no. Pero Helena Mayo tal vez sí la tenía.

18

—¿Cómo lo sabe?

—Discutimos sobre ello. Hace unas horas. Ella sabía algo y no quiso decirlo, al menos, no por completo. Me dijo que algo peligroso pasaría en la celebración de la Semana Santa. En la procesión. Que intentaría evitarlo. No me pareció que estaba en sus cabales.

Alguien salió de la tienda de embutidos. Miró a ambos lados. Cuando vio al alcalde hablando con Vita, apuró el paso. Se trataba de Isabel Martiherrero, su asistente.

Mateo Cala le dio la mano a Vita y se fue al encuentro con la mujer.

«Así que ese es parte de tu encanto. Dar mucho en el primer encuentro. Hablarte como si fueses un viejo conocido, nada de convenciones ni lugares comunes, ir profundo, preguntar y a la vez abrirte, decir lo que piensas. En suma, autenticidad. Sí, es una buena fórmula en la política. A menos que sea solo una buena actuación».

Eso se dijo Vita mientras miraba al atractivo hombre caminar junto con su asistente. No lo hicieron de nuevo hacia Embutidos Tornadizo. Continuaron y tomaron la calle que conducía a otra parte de la ciudad.

«Un hombre como ese quizás puede invitarte a un cambio».

Luego de pensar eso, Vita reflexionó sobre lo que el alcalde había dicho de los fanáticos. Era una posibilidad.

Continuó su camino y llegó a la casa que mostraba la placa de Orson Welles. Allí tuvo el encuentro imaginario con Mateo Cala. Y en realidad, su actuación no distó mucho de las primeras palabras que dijo, cuando lo conoció. Pero ahora, lo que dijo, ella no habría sido capaz de imaginarlo.

Siguió caminando despacio. Vio varios policías en la calle, en la entrada de la muralla. Supuso que se estarían agolpando en torno a ella, al correr la noticia, como una jauría de lobos ante una presa, como abejas a la miel.

«La miel de la sangre».

«Vita, qué cosas piensas».

Llegó a la plaza de la santa. Allí estaba la escultura de bronce. También con flores rojas, que alguien había puesto.

«¿Y si las puso el asesino también?».

Vita se sentó junto a la escultura. Supuso que esa era la intención de su escultor, lograr que la gente se sentara junto a la santa. Bajarla del pedestal. Pero así no funciona la relación con los santos, hay que venerarlos, verlos con una naturaleza diferente para que puedan interceder. Deben ser poderosos, y acercarlos les resta poder.

«¿Es que Helena Mayo era poderosa? No lo creo. Enrico la describió como alguien temerosa. Mateo Cala, como alguien que había alertado algo que estaba mal, algo que pasaría. Además, Enrico también habló de una alta sensibilidad. Lo cierto es que Helena Mayo era alguien influenciable».

—¿Por qué dices eso de mí? —preguntó Helena Mayo, quien había tomado el lugar de la escultura de santa Teresa.

19

Todo era posible en la mente de Vita Bell. Helena mantenía el color plomo en su cuerpo, pero ya no mostraba los trozos de jamón en la cabeza. Tampoco la sangre en el pecho. Su cara también estaba pintada. Su nariz parecía más refinada y sus labios más compactos, con el arco de Cupido muy pronunciado. Era una mujer hermosa.

—No sabes la diferencia entre ser débil y ser frágil. Casi nadie la sabe. La debilidad es superficialidad. Yo soy frágil ahora que lo miro todo con profundidad. Pero nunca me había sentido tan dueña de mi vida como en este momento.

—¿Quién te asesinó?

—No será tan fácil para ti, Vita. Deberás descubrirlo.

—¿Por qué te asesinó?

—Porque yo sabía.

—¿Qué sabías?

—Lo que están dispuestos a hacer.

—¿Qué tiene que ver la santa?

—El misticismo es el peor enemigo; la intensidad, una mala palabra, el éxtasis es falso. Seremos seres fútiles que veremos asesinatos incomprensibles. Nos hemos quedado sin tiempo. Tocará aprender de lo muerto.

Ahora Vita vio a Helena llenarse de sangre en el pecho, en la frente, en los ojos. Hilos de sangre salían de sus ojos. Luego, al llegar al banco, y a una de sus manos, se volvían perlas, muchas, que rebotaban en el suelo e iban a parar a todas partes. Cada vez eran más y llegaban hasta la muralla.

—Quédate, Vita. Quédate aquí…

Helena Mayo se fue, y en su lugar quedó la muda escultura de bronce.

Era la segunda renuncia que Vita hacía. El otorgar vida, en su imaginación, a la víctima la había removido aún más que cuando vio irse a Maurice Scott. Ahora deseaba no haber llegado allí, sino continuar en el bar Bedford escuchando música en compañía de su copa de martini. Aquella, la asesina, lo tenía todo claro. Ahora comenzaba a dudar, a pretender justicia para Helena. Nada justificaba que a alguien amable y frágil la asesinaran, argumentando un mensaje a favor o en contra de algo.

El mundo debía detenerse. Ella lo detendría.

«Tendré que mentirle a Maurice para quedarme…».

20

Vita volvió sobre sus pasos, y cuando iba por la mitad del camino, se detuvo.

Tenía que idear un discurso convincente que calzara con su recuerdo de Vejar. De ese hombre introvertido que movía sus dedos sobre el escritorio. Pero en realidad no podía recordar casi nada. La mala época, la que había vivido después del accidente, había dejado muy poco de ella. Se dijo que tal vez en algún archivo de su viejo ordenador encontraría algo. Podría pedirle a Eugenia, su asistente en aquel entonces, que mirara por allí. Era de las personas que guardaban todo de todos. Jamás pensó necesitarla otra vez.

Buscó su móvil. Marcó un número. No le importaba la verdad por la verdad en sí misma, sino porque era la mejor manera de hilar una trama con sentido y comprender a Helena y a su asesino.

—Eugenia, perdona la llamada. ¿Estás ocupada?

—Doctora Bell. No... no. Claro que no estoy

ocupada. Quería hablarle y decirle que lamenté mucho lo que pasó. Pero… —respondió la mujer con la voz aguda e irregular.

—Lo sé, Eugenia. Sé muy bien lo que quieres decir. Ahora te llamo porque estoy en lo que podemos considerar una especie de emergencia, aunque estoy bien.

—¿Qué pasa, doctora Bell? —preguntó Eugenia, quien en ese momento descuidaba la atención de su novia, que hablaba sobre dónde había comido la mejor pasta carbonara de la historia.

En secreto, Eugenia Mazuera había estado algo enamorada de Vita. Era de las personas que son capaces de nunca decir lo más importante. Pero Vita, por supuesto, lo sabía y también la quería, pero no de la misma manera.

—Quiero rescatar las sesiones que tuve con Fabián Vejar. ¿Crees que podrás encontrarlas? Sé que ha pasado mucho tiempo y que es posible que al fin hayas hecho lo que te recomendaba cada cierto tiempo, que no fueras tan ordenada, ni tan perfecta…

—Claro que las tengo, doctora. ¿Continúa con el mismo correo electrónico? Se las envío en unos minutos —dijo Eugenia, resolutiva.

—Gracias. Disculpa que te he llamado solo por esto. Espero que todo te vaya bien.

—Sí. No me quejo de nada.

—Lo espero, Eugenia. Suerte y gracias —dijo Vita y cortó.

«¿Qué era lo que sabía Vejar para vaticinar esto?», se preguntó al continuar caminando.

21

Eran las doce de la noche.

Toda la ciudad estaba dormida. Todos a excepción de quienes sabían lo que había sucedido.

Vita caminó por varias calles silenciosas.

Muy cerca de la catedral y del Arco de San Vicente, casi a los pies de la muralla, encontró un hotel cuyo restaurante estaba abierto. Tenía una terraza con dos mesas ocupadas. Podían verse toldos blancos y paredes de piedra, varios candiles que demarcaban el camino a seguir, un gran pino en medio y el césped, que mostraba unos rectángulos de piedras a manera de camino, como si fuese peligroso pisar la tierra y su manto vegetal. Unos faroles modernos y negros emitían luces verdosas que completaban la escena de ensueño, la que parecía totalmente ajena al crimen de Helena Mayo.

Atravesó el camino de las piedras y se sentó en una mesa. Un chico se acercó y le preguntó qué deseaba.

—Ginebra con tónica, por favor.

En ese momento, el móvil le anunció que había recibido un correo electrónico.

«Gracias, Eugenia» se sorprendió diciendo en voz alta.

Leyó el correo y abrió la carpeta comprimida adjunta. Allí estaban las notas que ella había tomado luego de cada sesión con Vejar. Vio cuando el chico puso el trago sobre la mesa. Miró el tatuaje que tenía en la mano. Una oveja negra y otra blanca. Lo miró a la cara.

—Son sintientes —dijo el chico.

Vita hizo silencio. Necesitaba más.

—Sé que no es el mejor lugar para estar. Justo ahora. Con los chefs aquí que han dado clases sobre cómo cortar los músculos de las terneras. Pero de algo hay que vivir —dijo, sonrió y se fue.

«El misticismo es el peor enemigo; la intensidad, una mala palabra, el éxtasis es falso. Seremos seres fútiles que veremos asesinatos incomprensibles. Nos hemos quedado sin tiempo. Tocará aprender de lo muerto».

Se repitió Vita sin mover los labios.

Sentía que estaba a punto de desatarse un cataclismo. Las palabras de Helena Mayo, la imaginaria, tomaban cada vez más sentido.

El tiempo de todos estaba ahora en manos del asesino místico.

22

Mientras tomaba el *gin tonic*, leía el expediente de Vejar:

«¿Por qué la muerte de Sanchia Paz le ha alterado tanto a Vejar? Es un psicólogo forense con experiencia y años de profesión. Este asesinato significa algo trascendental para él. Está convencido de que el asesino jamás será atrapado. Ella usaba fragancias cítricas, ahora una dulce y oriental reposaba sobre su peinadora. Habla de Sanchia como si fuera alguien estimada. Tal vez el trabajo está siendo demasiado para Vejar. Describe la habitación de la víctima como si hubiese estado allí antes. Dice que todo en esta era claro, acogedor, pero había un vestido negro que no correspondía a ese hábitat. Y unos zapatos costosos, y un libro que ella nunca compraría, con unas notas inquietantes. Algo que solo un converso comprendería».

Vita dejó de leer y desvió la mirada a un punto en el vacío.

«Un converso… un libro».

«Qué tonta».

Se dijo que debió pensar antes que esas ideas de Vejar podían corresponderse con algo que había leído, algo más denso que objetos como artículos de vestir, decorativos, de uso diario. ¡Tenía que ser un libro que posiblemente Vejar comprendió que alguien peligroso había regalado a Sanchia! Con su experiencia de forense, debió presentir que aquel libro contenía ideas fanáticas de algún tipo. Tal vez expusiera por escrito la intención criminal en el futuro, la que hoy se había hecho realidad.

—Son muchas suposiciones, casi parece un buen argumento para una novela de ficción, pero es posible —dijo en voz alta.

En ese momento, un hombre de unos treinta años, de pelo rojizo abundante, recogido en una cola baja, y los ojos enmarcados en espesas pestañas se acercó a ella con una copa de vino tinto en la mano.

—Hola. ¿Has comido en este lugar? —le preguntó.

Vita sabía reconocer muy bien cuando alguien había consumido más alcohol de lo debido. Eso también lo había reconocido mirándose al espejo.

El hombre vestía un traje de chef color negro, y con letras doradas que mostraban un logotipo en la prenda. Grupo Restauración Cortés.

—No he comido —respondió Vita, seca.

El hombre permanecía de pie, observándola. Se acercó un poco más a ella. Casi la rozaba.

—Dicen que han asesinado a alguien dentro de la ciudad amurallada. Es increíble. Seguramente será a un perro, o a un gato. Ahora ellos también son «alguien», ¿verdad?

—Le agradecería que se vaya y me deje sola —dijo Vita, empleando un tono más alto del que acostumbraba a utilizar.

—Está bien… está bien —respondió el hombre y se dio la vuelta. Se tropezó con unas de las piedras del sendero, casi perdiendo el equilibrio, pero luego logró mantenerse en pie.

«Imbécil, baboso», dijo Vita para sí misma.

Recordó cuando Eloise rio al escucharla decir la misma expresión, y que la repitió toda la tarde. Una punzada de dolor le atacó el mismo músculo estomacal que antes se había contraído. Su hija le dolía en el abdomen, no en el corazón.

El hombre cruzó una puerta que conducía al área interna del hotel. Vita supuso que iría al bar.

La interrupción del sujeto había servido para enterarse de que la noticia ya corría, y continuaría haciéndolo.

Entonces, el chico de las ovejas tatuadas volvió y le dijo a Vita que debían cerrar el lugar. Le trajo la cuenta impresa y un datáfono. La sonrisa, la displicencia que antes Vita detectó en él se había marchado.

—¿Sucede algo? —preguntó Vita, interesada. Que un chico como ese se descompusiera no era habitual, al menos no desde la lectura que ella había hecho sobre él.

—Es que han asesinado a una buena persona aquí en Ávila —dijo como intentando convencerse a sí mismo, como si al oír su propia voz fuese más fácil aceptarlo.

—¿Quién ha sido el asesino? —preguntó Vita, acos-

tumbrada a tomar la delantera y conducir los pensamientos de los demás.

Esta vez esperaba un «no sé sabe», «alguien con
complejo de santo», «un loco fanático»

Sin embargo, no fue eso lo que obtuvo, sino una
respuesta extraordinaria.

23

—HA SIDO UN FEMINICIDIO, violencia machista. Fue su pareja —dijo el chico con convencimiento—. El loco de Enrico Campomanes.

—¿Cómo lo sabes?

—Lo han detenido. Lo ha confesado. Ha dicho «yo maté a mi mujer porque estoy como una puta cabra», o algo así.

Acto seguido, dijo a cuánto ascendía la cuenta y esperó. Vita pagó utilizando su reloj y luego aguardó a que el chico se fuera. Necesitaba pensar, se descalzó un pie y lo frotó contra su pierna, encima del pantalón.

«¿Por qué ha confesado?», se preguntó.

Se levantó y se dirigió a la escena del crimen. Esperaba ver a Maurice. Fue cuando se dio cuenta de que había olvidado por completo a su chofer. Ese hombre debía estarla siguiendo desde que salió de la tienda de embutidos y ni siquiera lo había notado.

Miró hacia atrás, no vio a nadie. Caminó más rápido.

Sin darse cuenta, tomó por la calle equivocada, y cuando lo notó, se detuvo. Debió haber cruzado a la izquierda apenas salió del hotel. Entonces, se encontró de frente con la escultura de granito, la del verraco. Antes no lo había visto, debía devolverse. Lo hizo y entonces, al llegar a la esquina, cruzó a la derecha. La calle resultaba más oscura que las otras que había caminado. De repente se le hizo diferente, tampoco recordaba haber caminado por allí.

Continuó avanzando porque eventualmente tendría que llegar al mismo sitio. Luego comprendió que, cuando llegó al hotel, lo hizo por la calle paralela en la que ahora se encontraba.

Llegó a la esquina. Vio el nombre de la calle: Tostado. La otra se llamaba calle de San Segundo. Eso creía recordar, debió leerlo en alguna parte.

Continuó avanzando y de repente se vio ante la catedral. Atravesó la plaza y tomó la calle de los Reyes Católicos, que la condujo a la plaza del Mercado Chico. Sentía que daba vueltas como un insecto alado ante una lámpara.

«¿Por qué se había perdido?», pensó.

«No debía ser tan difícil encontrar la tienda de embutidos. Además, ya la gente lo sabía, debía haber más movimiento; policías, forenses, curiosos y periodistas».

Cruzó la plaza, que era bastante grande. Notó que de ella colgaban los estandartes de las cofradías. Todo estaba dispuesto para las celebraciones de la Semana Santa.

Continuó y salió a una calle conocida. Estaba segura de que por allí había caminado antes y también se encontraba la casa de Welles. Entonces, un poco antes de llegar a ella, cruzó en la calle Lagasca.

Ya se hallaba un grupo de gente agolpada ante la tienda de embutidos. Solo podía ver las siluetas.

Se acercó, y en medio del grupo, reconoció al agente policial que antes le habían presentado, el llamado Gorka Lavín.

Iba a entrar, pero alguien la detuvo.

—No puede pasar —le dijo. Era una mujer policía.

—He venido con el agente Maurice Scott, del CNI —alcanzó a decir.

—Muéstreme su identificación —respondió la mujer con voz de hielo.

—Amanda, es cierto. Es la psiquiatra forense. Viene con él —dijo en voz alta Gorka.

La mujer se apartó.

Vita entró, pero no tuvo que hacerlo mucho más. Allí, casi en la puerta, se hallaba Maurice.

—Esperaba verla de nuevo. Debo decirle que ha tardado más de lo que suponía...

24

ANTE EL DESCONCIERTO de la doctora Eva Bell, continuó:

—Hemos hablado con su antigua secretaria, Eugenia Mazuera. Supongo que ahora sí tiene algo que decirnos —afirmó Maurice Scott con una nueva expresión en el rostro.

Le pidió que la acompañara afuera. Cuando salieron y se apartaron un poco del grupo que se encontraba frente a la tienda, Maurice la miró en señal de premura.

—Había un libro en la habitación de Sanchia Paz. Tuvo que ser eso lo que vio Vejar. Allí debía estar escrito algo que lo condujo a sacar las conclusiones que sacó. A Sanchia Paz alguien le habló de algo nuevo, algo seductor.

—¿Usted sabe la especialidad de Sanchia Paz, doctora? —preguntó él.

—No. Mi trabajo es ser traductora de sombras, y casi nunca veo las figuras reales. Recuerde que trato a quienes estudian los asesinos y sus conductas. Pocas veces estoy apegada a la línea de la acción —respondió Vita.

—Era patóloga. Trabajaba en la Unidad de Anatomía Patológica. Estaba de guardia durante el ataque terrorista de Atocha. La gente la describe como una persona bondadosa de excepcional amabilidad.

—Trabajaba con tejidos muertos, con cadáveres... —comentó Vita, más que todo para sí misma.

Comprendió el sentido de las perlas que se caían de la sangre de Helena, de su Helena. De seguro, su subconsciente había registrado que Sanchia era patóloga y había expuesto esa pista de esa manera simbólica en el personaje de Helena. Era la conexión entre ellas. Las perlas cayendo como sangre. Una obtenía ciencia, diagnósticos de la muerte, y la otra, dinero. Cosas valiosas que les beneficiaban, que provenían de la sangre, de los tejidos. Helena los vendía en su negocio: tejidos y sangre de animales. Sanchia Paz estudiaba los tejidos humanos, esa era su profesión, y por ella también le pagaban un sueldo. Ambas extraían de la sangre y los tejidos sus formas de vivir...

—Las dos trabajaban con tejidos muertos. Tocará aprender de los muertos —exclamó Vita.

—¿De qué está hablando? —preguntó Maurice abriendo más los ojos y buscando la cajetilla de cigarros en su traje.

—Músculos, tendones, sangre, da igual si de humanos o animales. Las dos víctimas trabajaban con la muerte y algo no iba bien con ellas. Se convirtieron a algo nuevo que adquirió sentido.

Vita recordó el cadáver de Helena, el jamón en su

pelo, el olor dulce de los embutidos, la carne, el gorrión muerto, y no pudo contener las náuseas.

Se apartó apenas a tiempo para no salpicar a Maurice.

—¡Qué diablos…! —exclamó él, mirando la parte inferior de su pantalón y sus costosos zapatos.

PARTE II

1

—¿DE qué conoces a Maurice Scott? —preguntó Gorka a Vita, luego de mirarla por un segundo y de apartar la vista de la carretera.

Eran las siete de la mañana del día después del asesinato de Helena Mayo.

Vita, luego de su encuentro con Maurice Scott, había vuelto a la ciudad de Madrid a buscar algo de ropa, su cepillo de dientes, el ordenador portátil y el cargador de la batería de su móvil. Lo hizo con el chofer de Maurice Scott, en la madrugada, y luego volvió a Ávila. Allí Scott se había encargado de reservarle una habitación en un discreto y pequeño hotel situado cerca de la plaza de la santa. De vuelta a la ciudad amurallada, Vita se fijó en que en la vía varios coches con identificación de prensa llevaban el mismo camino que ellos. Los vio en la autopista de peaje Villacastín-Ávila.

Supuso que al amanecer todo el mundo conocería la noticia del asesinato de Helena, y las versiones que la prensa televisiva se atrevería a dar serían alucinantes. Ya imaginaba a varios psicólogos, criminólogos, abogados, y en este caso, también profesores universitarios expertos en símbolos, entrevistados y exponiendo sus pareceres. Había pasado antes con crímenes llamativos que llenaban de gente los platós, y este caso era uno de los que más los llenaría.

En ese momento se hallaban a bordo del Seat 1430 color blanco, y muy conservado, que Gorka conducía. Él había recibido la instrucción del jefe Melchor Bonilla de que la llevara a hablar con la hermana de Helena Mayo. Esta instrucción había sido aceptada por Bonilla a pesar suyo, porque no podía oponerse. Maurice Scott, un «tío poderoso» en el CNI, así lo había propuesto. Sin embargo, Bonilla había apartado a Gorka luego de hablar con Scott y le pidió en confianza que no prestara muchas atenciones a la psiquiatra. Lo de tenerla allí era una «exquisitez de los del CNI», «pretender que alguien como ella pudiera ayudar a desenmarañar el crimen de Helena Mayo era un despropósito». «Además de que ya tenían al culpable, al maldito de Campomanes». Tales habían sido las palabras de Bonilla, que pronunció luego de aflojarse un poco el nudo de la corbata.

Gorka sabía manejarlo. Había asentido sin chistar. Sin embargo, tampoco estaba muy convencido de que el asesino fuera Enrico Campomanes. Lo conocía de siempre. No le parecía un asesino capaz de poner listones de jamón sobre la cabeza de Helena. Además, su confesión había sido muy extraña; primero culpó al alcalde y luego, como por arte de magia, se culpó a sí mismo, pero de una forma difusa. Sí que dijo que había sido el culpable de la muerte de su mujer, que él la había asesinado y luego entró en una crisis, pero Gorka creía haberlo comprendido. Se acusaba a sí mismo solo porque por su culpa Helena se quedó en Ávila. Cuando se tranquilizara, estaba convencido de que se desdeciría y aclararía que no fue quien apuñaló a Helena.

—Lo conozco de nada. Hace menos de veinticuatro horas lo vi por primera vez —respondió Vita.

Pensaba que a él le preocupaba su capacidad de influencia, porque era un chico ambicioso. Su primera reacción ante desconocidos era actuar como si fueran su competencia. Puede que se viera en Ávila en el futuro, pero con más poder del que tenía hoy, y había comenzado a trabajar en ello. ¿Por qué habría ido a la tienda de Helena a las siete de la noche?, se preguntó.

—Sí que es extraño. Dicen que Scott no suele ser muy dado con la gente. Que le gusta llevarlo todo él personalmente, que es dominante y va a lo suyo, y no suele mojarse por nadie —respondió Gorka.

—No te preocupes. No soy una competencia para ti. Estoy aquí de paso —dijo ella, y volteó a mirar el paisaje y el bonito puente que se levantaba sobre el río que circundaba la ciudad amurallada.

Si iba a adoptar el papel de psiquiatra antes de seguir con su vida, con el residuo de vida que pretendía llevar adelante, debía hacerlo bien e intentar separar el «heno de la paja», tal como decía su abuela. No tenía tiempo para aguardar a que el joven y ambicioso detective se diera cuenta de que ella no era alguien de quien debía preocuparse.

—No he dicho eso, doctora —respondió Gorka. Lo tomó por sorpresa su comentario.

—Solo lo anuncio por si acaso. Este caso dará de qué hablar. Es una suerte para ti verte mezclado en medio. Estar en el lugar y a la hora indicada, y si contribuyes a resolverlo, se te abrirán muchas puertas… —dijo Vita.

Ahora intentaba suavizar su comentario anterior.

—Puede —dijo Gorka, al tiempo en que daba dos toquecitos al volante con su mano derecha.

Hizo una pausa, como pensando qué decir.

—Desde hoy mismo verá la ciudad cambiada, cuando volvamos. ¡Se lo aseguro! ¡Y la de cosas que comenzarán a afirmar de la nada los periodistas! No sé si será suerte para mí o no, pero para Helena Mayo, no lo ha sido —completó.

Vita pensó que había un tono de pena en su entonación. La quería.

—Vamos a prohibir la entrada de coches al recinto amurallado. Lo consideraremos zona especial. De peatones, no, claro. Los dejaremos entrar, pero también impediremos el paso al frente de la tienda de jamones. Reforzaremos la presencia de policías en cada calle. No solo serán problema los periodistas, sino los curiosos.

—¿Dónde se ubica la casa de la hermana de Helena? —preguntó Vita. La preocupación de Gorka sobre el control y el orden en la ciudad no le interesaba mucho.

—En Mediana de Voltoya. Llegaremos en cinco minutos —aseguró él.

Vita se decía a sí misma que lo que estaba haciendo esas últimas horas era interesante. Era la tercera vez en mucho tiempo en que se subía a un coche. La primera con Maurice, la segunda con el chofer de este, y ahora con Gorka. Uno de sus mejores maestros en la universidad decía algo muy cierto: que los miedos ocupaban el espacio que debían ocupar las determinaciones. Para Javier Llamas, el profesor experto en fobias, un objetivo, una intención y un motivo eran el mejor antídoto a los miedos a subir a los aviones y trenes, por ejemplo. «Depende de lo que te espere», completaba el profesor Llamas. Ahora ella lo reconocía en carne propia. Estaba determinada a descubrir quién había asesinado a Helena Mayo, y por ello, su rechazo a los coches y a la idea de padecer un accidente había mermado lo suficiente.

—Este coche no es común. Lo has cuidado mucho. Debe ser importante para ti —dijo Vita de repente.

—Era de mi padre. «Un Seat 1430, macho. El mejor del mundo, porque me lo ha comprado mi padre y se quedó sin blanca para hacerlo. Cuando muera, lo heredarás tú…», me dijo una vez.

—Lo siento —contestó Vita. Volvió la mirada hacia Gorka. No había duda de que su padre estaba muerto.

—El desgraciado cáncer todo lo destruye —dijo él.

—No todo. No puede con los recuerdos, ni con lo que significa para ti conducir el coche de tu padre y mantenerlo como nuevo —apuntó ella.

Hizo una pausa.

—¿Puedo preguntarte algo? —dijo luego.

—Puedes —respondió Gorka.

—¿Qué hacías en lo de Helena Mayo a las siete de la noche?

2

VITA VIO un grupo de vacas pastando a lo lejos. Una de ellas era apenas un ternerito. Estaba junto a su madre, a su amparo. Eso se dijo. Había vuelto a voltear la cabeza hacia la ventanilla mientras esperaba la respuesta de Gorka.

—Ella me citó allí. Solía comprar productos en su tienda. Era una buena persona. Diferente. Creo que al principio me observó, me analizó, y después, cuando sintió confianza, se decidió a decirme algo. Me dijo que se quedaría arreglando algunas cuentas del negocio hasta las siete, y que si podía pasar a esa hora, lo hiciera, que debía decirme algo importante sobre la Semana Santa. Algo que podía ser una amenaza. La vi triste.

—¿Empleó esas palabras? ¿Algo que podía ser una amenaza? —preguntó Vita.

—Sí. Eso dijo.

—¿La viste asustada?

—No me lo pareció.

—¿Cómo era Helena Mayo?

—Inteligente. Independiente. Amable.

—¿Algún defecto?

—Como todos. Pero yo no los conocí.

—¿Crees que ha sido Enrico Campomanes?

—No. No lo creo. Así no.

Vita sabía a lo que se refería. Enrico podría ser un hombre violento, celoso. Tarde o temprano Helena Mayo tal vez lo abandonase. Pero los jirones de jamón en la cabeza no le cuadraban. Además, ¿para qué iba a implicar al alcalde? Podría haber dicho que un desconocido mató a Helena, alguien de su pasado, en la ciudad de Madrid. ¿Y luego inculparse a sí mismo?, ¿para qué? Aquello no tenía ni ton ni son.

—Pero a Bonilla le encantaría que fuera Enrico. Mientras más rápido resolvamos esto, mejor para todos. Eso es lo que piensa —completó.

«Así que te gusta figurar ante tu superiores, pero puede que seas más consciente que ellos. Más orientado a la verdad, a la justicia. Es posible».

—Y no le gustaría que fuera el señor alcalde, por supuesto —sugirió ella.

—Para nada. Dicen que va directo a la Moncloa. Lo cierto es que Mateo Cala Guillamas es bastante querido en la ciudad, por todos. Apacigua a los conservadores, brinda esperanza a los progresistas. Sabe complacer a todos.

—Como un gran equilibrista entre quienes piensan de manera muy rígida y quienes desde la moderna capital salpican sus deseos de cambio. Eso es como caminar sobre la cuerda floja, y tal vez signifique que debes guardar secretos de algunos, o de ti mismo. Secretos cuya difusión podría destruirte —argumentó Vita.

Gorka se quedó pensativo. Le gustaba la inteligencia de ella.

—¿Crees que podría ser un asesino? —insistió Vita.

—No. No lo sé.

—¿No, o no lo sabes? No es lo mismo.

—No lo sé. A mí nunca me pareció un hombre violento. Le gusta la caza, y eso me causa repugnancia, pero no es violento con las personas. Más bien lo tenía por un tipo reflexivo —afirmó Gorka.

Ahora a él le incomodó la agudeza de la psiquiatra.

Gorka había actuado como ella esperaba, a favor del «sistema» y no de «las personas». Bonilla confiaba en él, Bonilla se la llevaba de rosas con el alcalde. Gorka no quebraría su incipiente alianza con el poder, en Ávila. Al menos no hasta que descubriera algo más.

«Lo que están dispuestos a hacer…».

Eso le dijo Helena Mayo, la ficticia, cuando la imaginó en la plaza tomando el lugar de la escultura.

«Tal vez el asesino tuviese mucha gente capaz de defenderlo, dispuestos a todo por él».

«¿Por qué?».

«¿Qué los movía?».

«¿Qué significaba la similitud con la santa y los jirones de jamón sobre el pelo de Helena?».

—Nadie sabe la capacidad de mezclar cosas que pueden poseer las personas. Tal vez sean fanáticos religiosos, que además son radicales en cuanto al no consumo de la carne de animales sintientes. Y han instalado una especie de expiación de las culpas, comenzando por este lugar, que tiene todo lo reprobable: religión y tradición, carne. Mucha carne y la historia de los poderosos o reyes gravitando sobre él. Es lo que es esta tierra, un reducto de la distinción y la riqueza del pasado en el corazón del país. Podría ser un lugar idóneo para comenzar a rebelarse —repitió Vita con una entonación diferente.

Su voz, de alguna manera, había cambiado.

Gorka la miró, extrañado. Ella solo había repetido lo que el alcalde le dijo horas antes. Vita poseía una excelente memoria auditiva, muy por encima del promedio. Era capaz de recordar cada palabra que sus pacientes pronunciaban, y estas volvían a ella, emergiendo del subconsciente. Eso la ayudaba a definir los diagnósticos, a centrarse en detalles reveladores que le revoloteaban en la cabeza hasta que le permitían establecer conclusiones acertadas. Estas fueron las palabras que Mateo Cala le había dicho.

Acababan de detenerse frente a una casa pequeña que se encontraba apartada de otras que habían visto en la vía. Fue cuando se dio cuenta, al mismo tiempo en que accionaba la manija para bajarse del coche, de que tal vez el asesino de Helena Mayo le había transmitido su propio manifiesto. El alcalde le había explicado por qué mató a su primera víctima, porque ya era hora de comenzar a rebelarse…

3

AMBOS SE BAJARON del coche y anduvieron por un breve y sinuoso camino que se abría entre el césped y la mala hierba.

Vita se fijó en un macetero que lucía una planta muerta, pequeña. No llevaba mucho tiempo de haber muerto. Todavía algunas partes mostraban un ligero color verde. A su lado crecían flores silvestres, pequeñas, blancas, de las que podían resistir mucho más sin agua.

Tocaron a la puerta.

Nadie respondió.

Lo hicieron en el cristal de la ventana frontal. No hubo respuesta.

—¿Habías venido antes aquí? —preguntó Vita.

—No a esta casa. Al pueblo, sí. Viven un poco más de cien personas. Cerca hay un túmulo prehistórico.

Vita lo miró con sorpresa y curiosidad.

—Me gusta la arqueología. Esto se encuentra próximo al Arroyo de los Ciervos.

Ella asintió con la cabeza. Había escuchado hablar de eso en alguna parte.

—Me parece que aquí no hay nadie —dijo Gorka mirando a la ventana.

Tomó la iniciativa y comenzó a bordear la casa. Vita lo siguió.

Allí, en una terraza, encontraron a una mujer sentada en una mecedora. Miraba hacia el paisaje, detrás de la casa. Este consistía en un pequeño bosque.

Escucharon un pájaro trinar.

La mujer tenía el cabello negro, abundante y largo. No volteó al escuchar los pasos.

«Está absorta, tal vez desprendida del mundo. Puede que la muerte de su hermana la haya quebrado», pensó Vita.

—Jennifer Mayo. ¿Es usted?

—Sí. Lo soy —dijo sin voltear.

—Soy el agente de homicidios Gorka Lavín. Me acompaña la doctora Eva Bell —continuó hablando Gorka.

Vita le hizo una seña. Necesitaba que se callara. Debía hacerse una idea del estado de Jennifer Mayo. No era usual su comportamiento; estar sentada allí en soledad, meciéndose y mirando a la nada.

Gorka se calló. Comprendió.

La mujer vestía ropa clara.

Se acercaron hasta tenerla a menos de cincuenta centímetros de distancia. Ella continuaba sin voltear. La tela del pantalón a la altura de las rodillas estaba muy sucia, aún más que los ruedos, y también había una mancha oscura en la camisa a la altura de la boca del estómago.

Vita y Gorka se situaron frente a ella.

La doctora se fijó en la ennegrecida hebilla de la correa que llevaba puesta, que era azul desvaído. Llevaba puesta una chaqueta con plumas grises al cuello. Algo no iba bien en la psiquis de Jennifer Mayo, y lo que fuera, sucedía desde hacía bastante más tiempo que un día. No tenía que ver con el asesinato de su hermana, al menos, no del todo. Parecía sentir frío. Tiritaba. Su rostro era muy parecido al de Helena. Solo algo diferente en los labios.

—Doña Jennifer… —dijo Gorka. Ella levantó la cabeza y nos miró.

Era un rostro muy bello, transformado por los años de una manera más dramática a como transforma el tiempo los rostros de personas menos hermosas. Eso se dijo Vita. Jennifer era portadora de una belleza que le pareció aterradoramente efímera. Enorme y portentosa, pero pasajera. Le daba mucha pena. Esa forma tan exuberante de belleza duraba poco, y después, quedaría atrapada en el abandono absoluto que significa la falta de interés, la frialdad de las miradas de quienes antes la deseaban. Ese era, por lo general, el destino de esas caras de ángeles y sus brillos pasajeros.

«Esta mujer me recuerda a alguien», se dijo.

«Una mujer bella, envejecida y desequilibrada, sin cuidados ni higiene, descuidada en su apariencia. Está aquí afuera a pesar de que siente frío. Algo debe gustarle, la naturaleza o los animales, el canto de los pájaros…».

—¿Lo has escuchado? ¿Al ruiseñor? —preguntó Vita.

«Madre de Dios», pensó Gorka.

—No. Solo he visto a los gorriones. Y a las hurracas tristes —respondió Jennifer.

Después la miró a los ojos, como conectando con ella.

De pronto un grito agudo rompió la tranquilidad de la estancia.

4

—¡Él le hizo algo a Helena! ¡En la casa de al lado! ¡Estoy segura!... —completó Jennifer, con un gesto de desesperación. Segundos después miró al suelo, se tranquilizó.

—¿Podrías darnos un poco de café? Hemos despertado muy pronto y aún no hemos tomado algo caliente —le dijo Vita con una calma que contrastaba con la abatida oscuridad mental en que Jennifer Mayo parecía estar.

Ella asintió. La ayudaron a levantarse de la mecedora porque a los dos les pareció que necesitaba esa mínima conducción, algo de soporte. Lucía débil. La llevaron hasta el pequeño salón de la casa, a la que entraron por una puerta trasera.

El lugar estaba atestado de cojines, lleno de muchos objetos empolvados. Vita vio frasquitos color ámbar, de los que se usaban en las farmacias en el siglo pasado. Estaban puestos sobre una mesita; le parecieron peones de un alocado juego de ajedrez. Le pasó lo que siempre le pasaba cuando interactuaba con alguien enfermo y desprovisto de atención: se avergonzaba de su fortuna frente al infortunio ajeno. Pero hacía mucho tiempo que no le sucedía eso porque a ella el infortunio también la había roto. Cuando Eloise murió, perdió el derecho a concebirse como alguien afortunada.

—Siéntate allí, junto a la chimenea. Hay mucho frío esta mañana —le dijo Jennifer Mayo a Gorka.

Este obedeció. Vita se sentó cerca de él.

—Tengo café. Voy a traerlo... —dijo, dando la vuelta, y comenzó a caminar en dirección a la cocina, pero luego se detuvo en seco y se volvió a ellos.

—¡No quiero nada! —gritó—. ¡Solo que avisen a alguien! ¡Él mató a Helena!

Lloraba, se cubría la cara y luego se agarraba la cabeza.

—¿Por qué no se sienta con nosotros y nos cuenta qué fue lo que le hicieron a Helena? —preguntó Vita con dulzura.

Jennifer se sentó, sumisa, y apagó el llanto.

—Mi hermana volvió de la ciudad. Pero no lo hizo por mí, para cuidarme a mí. Ya saben, la vida a veces resulta diferente a lo que uno sueña. Algunas veces me confundo de tiempo, de personas. Mi hermana me mantenía, me traía el mercado, los helados. ¿Los han probado? Padezco una enfermedad, varias. Algunas veces siento mucho frío, y otras un calor interno me abrasa. Es cuando me como los helados, todos de una vez. Me quedé con una fotografía suya, que no sabe que tomé. Pero ya la he regalado. Algunas veces no sé ni lo que doy.

—Doña Jennifer, lamentamos mucho la muerte de su hermana. Estamos aquí para conversar con usted. Es muy posible que recuerde algo, aunque sea un detalle, que nos brinde información para atrapar a quien asesinó a Helena. Pudo ser alguien conocido —dijo Gorka.

Ya había perdido la paciencia y no estaba allí para hablar de pájaros ni helados.

—¡Por favor! ¡No esperes más! Puede que aún esté viva… —dijo ella, repentinamente.

Vita supo que había llorado mucho. Antes no había notado su nariz tan enrojecida ni sus ojos tan hinchados.

—Todo fue su culpa. De ese hombre. Él antes vivía en esa casa, la que está más cerca de aquí. La del abedul, donde la maldad se enquistó. También hay un perro muy bonito. Él no tiene la culpa de nada. El perro no tiene la culpa de nada.

—¿Quién es ese hombre?

—Es su novio —dijo con simpleza.

5

—POR FAVOR, necesito que busquen a mi novio. Salió y no ha vuelto. Ya han pasado muchas horas desde que lo espero. Estoy segura de que la gente de la casa vecina le hizo algo, nos estaban siguiendo... No, no tengo pruebas, pero estoy segura de que él no me dejaría sola tanto tiempo, y no le pasaría nada en el Arroyo de los Ciervos porque está acostumbrado a escalar las montañas más altas y peligrosas. Al ver que Sebastián no llegaba, fui hasta esa casa y ya no había nadie. ¡No son ideas mías! ¡No estoy loca! Le digo que querían hacerle algo. Nos han estado persiguiendo. Sebastián Isturiz, mi novio, tuvo un amigo y él le entregó algo. Lo persiguieron hasta aquí, y sé que lo mataron. Pero le digo que allí ya no hay nadie, él no volvió y la casa de al lado también está vacía. Subió y no regresó. ¡Hay que buscarlo más lejos, en la sierra!

—¿Qué edad tienes, Jennifer? —preguntó Vita.

Creía haber llegado a una conclusión importante en cuanto al trastorno de la mujer.

—Solo tengo veinte, pero sé que lo amo. Nadie puede creerlo. Helena es la que menos lo cree. Es muy racional, muy equilibrada. Pero eso no sirve para ser feliz. Siempre se lo dije. También que un día se daría cuenta de que había perdido el tiempo. Ella nunca me engañó. Soy su hermana mayor.

Luego se quedó callada, resignada como una niña.

Gorka pidió una taza de café. Jennifer se levantó para servirla. Cuando la mujer los dejó solos, se dirigió a Vita.

—Nadie nos dijo que esta mujer está como una puta cabra. Perdón, pero es la verdad. No creo que pueda decirnos nada de utilidad. Avisaré al Departamento. Necesita atención, asistencia. Mira su estado y el de esta casa. ¿En qué diablos estaba pensando Helena que no se ocupaba? —dijo, afectado.

—Algunas veces no es tan fácil hacer algo por quienes quieres —respondió Vita.

Jennifer volvió con dos tazas de café. Ofreció la primera a Gorka, la segunda a Vita.

—Irán a la casa a inspeccionar, porque tal vez él ya haya vuelto, y esto no pase de un mal momento para ti. Si no es así, vendrán para acá a conversar contigo unos buenos amigos nuestros y de Helena. Porque además debes acompañarlos a hacer la denuncia. Así que ahora, Jennifer, vas a cambiarte esa ropa. Buscarás una limpia. Pero sobre todo, vas a tratar de calmarte. Todo va a salir bien y ya no habrá más confusión en tu cabeza —le aseguró Vita a Jennifer.

—Sí. ¡Explicarles mejor y convencerlos de buscar a Sebastián! —consintió Jennifer, ilusionada.

Luego caminó rápido hacia la puerta, como un animal de caza muy estilizado, y al llegar a ella se detuvo.

«La caza, los ciervos… Fabián Vejar cazaba ciervos. Helena vendía productos cárnicos. Jennifer parece un animal frágil, desorientado. Enrico Campomanes es un buen cazador. ¿Por qué creo que el asesinato de Helena tiene que ver con la caza, con los ciervos, con cierto tipo de fragilidad animal?», pensó Vita.

La casa tampoco la dejaba del todo tranquila. Era oscura, atestada de cosas. Era más como una cueva. Había un reloj de pared que aún daba la hora. A ambos les había impresionado el interior de la vivienda. La verdad que no era el momento para pensar en la decoración del lugar, pero es que no podía dejar de hacerlo en mal plan. Para Gorka, era una pobre loca. Para Vita, había algo violento en el lugar, en la escena. Como si a nadie le importara, como si esta mujer no perteneciera a nada y no hiciera caso a formas sociales. Y ese reloj de pared que había llamado su atención algo le recordaba.

En ese momento, sonó el reloj que la ponía nerviosa. Entonces, un chico delgado que vestía sudadera gris apareció de repente. Caminaba despacio y venía sonriendo. Se detuvo junto a Vita, a su lado, y miraba a Jennifer. Luego se aclaró la garganta y habló.

—Por el cuento, Eva Bell. El del cabrito y el reloj que nos contaron en la clase. El último cabrito se escondió detrás del reloj para que el lobo no se lo comiera, y tú imaginabas las patas blancas y flacas del animalito, delatándolo, mientras todo su cuerpo permanecía oculto tras la madera. Eso dijiste en clase y yo me reí. La verdad es que eran sangrientos los cuentos infantiles que nos contaban y más loca aún tu patética imaginación.

Eso dijo el chico llamado Lombardo venido del pasado, de cuando Vita era una niña rolliza y asistía a la escuela junto con Lombardo de Marco.

Lo acababa de imaginar allí en la sala de la casa de Jennifer Mayo.

El implacable Lombardo apareció para hacerle ver algo que ella no había visto hasta ese momento.

6

—¡No me lo puedo creer! Nos han hecho perder el tiempo de una manera inaceptable —exclamó Gorka al subir al coche.

Una unidad de atención médica psiquiátrica acudió a la casa de Jennifer Mayo. Vita habló con la doctora. Coincidían en el diagnóstico. Helena Mayo había dejado de tomar su medicación. Debía ser internada para recuperarse y contar con supervisión. Su paranoia asociada a confusión de eventos, fechas y lugares debía ser tratada.

—No creo que hayamos perdido el tiempo, detective. Hemos visto algunas cosas de interés. Helena no visitaba a su hermana, dejó de hacerlo. Al menos, no en los últimos días. Lo sabremos cuando el análisis sanguíneo de Jennifer nos aproxime al tiempo que llevaba sin medicarse.

—¿Por eso se ha traído el macetero? —preguntó Gorka.

En efecto, Vita había tomado el objeto y lo llevaba consigo. Ahora descansaba en la parte trasera del coche.

—Sí. Con la tierra puede saberse desde hace cuántos días la planta no se riega. No ha llovido desde hace un tiempo. Me interesa conocer el punto de quiebre. Cuando Helena dejó de hacer lo que rutinariamente hacía. Creo que Helena venía a traer alimentos a su hermana cada día, y comprobaba que Jennifer siguiera su tratamiento médico. También regaba la planta. Pero en los últimos días hubo una distorsión. Un vestido negro…

—Ya. Entendí casi todo, menos lo del vestido negro. Pero igual, esto solo nos dice que Helena estaba distraída. Ya está —replicó Gorka.

Se hallaban en la carretera camino a la ciudad amurallada. Vita lamentó la falta de imaginación de su compañero.

—Era una mujer amable. Todos lo han dicho. ¿Cuánta amabilidad hay que perder para olvidar la vigilancia de tu hermana enferma? Creo que lo que Enrico Campomanes ha dicho es cierto. Puede que Helena estuviese aterrada y por eso olvidó a Jennifer.

A los ojos de Gorka, Vita parecía ordenarlo todo de una manera sensata, con una lógica paciente. En cambio, él se movía más por instinto. Era inquieto.

—Pero a ti no te pareció nerviosa. O puede que nerviosa sí, en cuanto a algo de la Semana Santa, pero no atemorizada. Creo que tienes criterio de policía. Por algo de seguro tendrás una carrera brillante. Puede ser que a Helena no la moviera el miedo, sino la pasión. Una nueva. Se parecía a su hermana. Son mujeres bellas.

Además, mira que Jennifer, que tiene la mente confusa, ha relacionado en medio de su caos la muerte de Helena con un novio, que luego la ha llevado a pensar en su Sebastián. Creo que el tal Sebastián debió ser un hombre que ella quiso, alguien de su pasado.

—¿Y crees que esa asociación quiere decir que Jennifer intuía que su hermana estaba enamorada? ¿Y por eso en medio de esa niebla que tiene en el cerebro relacionó al «novio» de Helena con el suyo? —preguntó Gorka.

—Sí. Eso creo. Lo demás, que a Sebastián lo mataron y todo eso, podría formar parte de su delirio. Pero esa asociación entre los dos hombres podría estarnos diciendo algo.

Gorka, a pesar suyo, concedió que lo que decía la psiquiatra tenía lógica. Se quedó mirándola por un segundo. Se fijó en su pelo negro, envuelto en un moño disparatado, en los huesos de su rostro y en la finura de sus labios, que desentonaban con la fuerte personalidad que parecía tener. Era una mujer que debía contar con cuarenta años, pero cargaba una vieja seriedad encima. Le recordó a una de sus maestras, a la maestra Virginia, aunque esta era más gordita, pero igual de fuerte. Ellas eran como esa gente que sabe cargar penas a cuestas, a la cual es difícil doblegar y que por eso son como rocas, y podrían ser buenas compañeras. Algunas veces, hasta podrían resultar imprescindibles en la vida de quienes las circundan. Eran, sobre todo, personas muy testarudas. Pero debajo de esa capa rocosa, Gorka pensaba que había una gran pasión, un enorme sentimiento atrapado dentro de ella.

A él le gustaba pasar como un joven irreflexivo, pero no lo era. Era, en su estilo, bastante observador.

—Podría. Esa es la palabra clave —razonó Gorka Lavín.

El chico era listo pero impaciente, se dijo Vita.

7

—¿Y ahora qué? Debo acompañarla y posibilitar las acciones que decida emprender. Eso fue lo que me pidieron en el Departamento —confesó Gorka.

Al decir eso, ya veían a lo lejos la muralla de Ávila. En torno a ella, la cantidad de vehículos no era normal. Ya se había desatado la marabunta mediática. Muchas personas se encontraban cerca de los coches, hablando entre ellas, mirando hacia la muralla, con sus móviles en la mano.

Traspasaron la entrada de la muralla por la Puerta de San Vicente.

—Me gustaría hablar con las personas que Campomanes nombró, con las que vieron a Helena Mayo. Luego hablar con el mismo Enrico Campomanes.

—Se refiere a Henry Camel, el gerente del proyecto Negro&Dorado, el de la empresa cárnica que llevó a los chefs a la actividad corporativa. Supongo que también a la chica chef, Michelle Campillo, que visitó la tienda junto con él. Y una mujer con quien Helena al parecer discutió, la directora del proyecto audiovisual, de la tele-serie, Feliciana Capón —dijo él.

—Justamente. Eso es —convino Vita—. ¿Por qué te interesa la arqueología, Gorka?

—No lo sé. Tal vez por lo que está escondido. Puede que sea algo mágico. Durante la época postmedieval, ese lugar, el túmulo de Los Tiesos fue saqueado por busca-dores de tesoros. Basándose en los objetos que han quedado, los investigadores creen que ya existía en los años 3500 a. de C., en la Edad de Bronce. Y allí hacían ofrendas y enterramientos. Es interesante.

«Un policía al que le interesa la historia. Eso sí que es llamativo. Tal vez no sea tan irreflexivo como hace ver».

Gorka estacionó el coche frente al hotel en donde Vita había tomado la noche anterior el *gin tonic*. Era el mismo donde tendría lugar el evento culinario que Negro&Dorado organizaba. Entonces, una idea asaltó la cabeza de Vita.

—Creo que he conocido a ese sujeto. A Henry Camel —dijo. Enseguida tomó su móvil y buscó algo en internet.

Allí estaba, el mismo hombre pelirrojo que la noche anterior se le había acercado y que ella envió a paseo. Ese era Camel.

—Aquí están Camel y Campillo. Les alertamos que debían estar disponibles para cuando quisiéramos hablar-les. Ya Enrico ha aclarado que él no mató a Helena. Dice haber estado muy alterado anoche. Me lo temía —dijo Gorka.

—Problemas para tu jefe —se limitó a decir Vita.

Gorka sonrió con ironía.

Caminaron el sendero entre el césped que ella había andado hacía unas horas, pero esta vez no cruzó hacia la terraza donde la atendió el chico del tatuaje de las ovejas, sino que continuaron avanzando hasta encontrar una puerta acristalada. Entraron y se detuvieron ante el mostrador.

Gorka se presentó y pidió que informaran a Henry Camel su intención de hablarle. Vita lo esperó unos pasos más atrás. Observó el lugar. Era agradable, un tanto lujoso. Debía ser el mejor hotel de la ciudad. Una mujer con cara de espanto, como si de un momento a otro fuese a perder los nervios, hablaba con Gorka desde el otro lado del mostrador. Señaló hacia un lugar. Vita volteó, vio una puerta cerrada. Supuso que indicaba dónde podrían esperar a Henry Camel para entrevistarlo. Lo más oculto posible, y sin despertar sospechas entre los huéspedes.

En ese momento, ingresaron dos mujeres, quienes entablaban una conversación.

—Que ahora es diferente, Mila. Me importa un cuerno la serie. Tenemos que aprovechar lo sucedido. Estamos aquí, tenemos el equipo. Ya he convencido a Guille. Haremos la mejor docuserie de asesinato de la historia de este país. Ya lo verás. No seas tan tiquismiquis —dijo una. La otra la miraba con poco convencimiento.

La mujer vestía de rojo. Era alta, de cuello estilizado y cabello corto al modo informal, lucía natural, casi despeinado, pero cada cabello estaba en el lugar que ella había deseado. Eso se dijo Vita al mirarla. Era rubia, de tez blanca y sus ojos eran celestes, de un color inusual en el país. Su nariz, algo abultada, no destruía la armonía de un bonito rostro. Su maquillaje era también muy natural. Apenas un ligero rubor en los pómulos y un tono rosa brillante en los labios. No maquillaba sus ojos. Era una chica guapa, y lo sabía.

Gorka se apartó y ella de inmediato se dirigió a la chica del mostrador.

—Por favor… Esta tarjeta no funciona. No puedo abrir la puerta de la habitación —dijo en tono autoritario.

Su compañera sonrió a la chica, intentando disminuir el efecto altanero de su amiga.

«Es una chica acostumbrada a ordenar. Parece capaz, relacionada. Le gusta la fama, la visibilidad pública. Su atuendo parece nuevo, de calidad. Debe haber crecido en un ambiente privilegiado. Eso diagnosticó Vita. También que era de las que se rodeaba de gente un tanto más amable para que el efecto de su altanería se redujera, solo con fines prácticos. No porque le importaran los demás. De allí que su amiga fuese diferente».

Gorka se unió a ella.

—Es Feliciana Capón —le dijo.

—Ya —respondió Vita, y continuó observándola.

—¿Has visto la manifestación en la Puerta de la Santa? Un grupo de mujeres con carteles, acusando al marido. Violencia machista. Creo que son las del Taller de Mística… —dijo la compañera de Feliciana. Ella respondió algo, pero Vita no logró escucharla. Fueron solo dos palabras. Le parecieron despectivas.

114

—Nos han dicho que podemos usar ese salón de reuniones. Allí estaremos cómodos. Eso me ha dicho Marta. Vamos —indicó Gorka.

—¿Cuándo hablaremos con Feliciana Capón? —preguntó Vita.

—Con ella no es tan fácil. Debo hablarlo con el jefe —respondió.

Vita lo había intuido. Era alguien influyente. Al parecer, todo lo que allí se hacía debía pasar por el filtro del jefe. Tal vez tendría que aliarse con Maurice Scott para presionar algunas entrevistas. No lo conocía bien, pero confiaba en su primera percepción de las personas. No era un hombre pusilánime. Diplomático tal vez, pero solo hasta cierto punto.

—Vamos entonces —dijo Vita.

Entraron en el salón de reuniones, que se hallaba justo detrás de la puerta que la chica del mostrador había señalado.

Una vez adentro, Gorka se acomodó en una silla que se encontraba en la cabecera de una mesa de reuniones. Le pidió a Vita que se sentara a su lado.

—Estudió licenciatura en Periodismo y Estudios Avanzados en la Universidad Complutense de Madrid, ha obtenido también un máster. Pero su mundo es la televisión. La producción audiovisual. Quiere fama y no la ha logrado. Sus padres son dueños de una empresa cárnica ubicada entre Ávila y Segovia. La bonita Feliciana sueña con hacer un documental con una postura moderna sobre la vida palaciega en Segovia. Luego querría hacer una serie de época. Tiene muchos sueños, que tal vez sean poco realizables. Sin embargo, ella no lo cree así. Conozco a las chicas como ella —explicó Gorka.

A Vita le pareció detectar cierto desdén en sus palabras al describir a Feliciana Capón. Hizo lo que sabía hacer cuando alguien se mostraba tal como era, silencio, para que la demostración no cesara.

—Además, con el asesinato de Helena Mayo creo que ha calculado buenas ganancias para sus proyectos. La atención que ahora tiene la ciudad amurallada trasciende lo de ser la mejor conservada de Europa. Ahora es el lugar del crimen de un asesino del cual nadie sabe nada. Y que el marido haya culpado al alcalde es genial para sus adversarios políticos. Esto lo tiene todo tal como tú has dicho: sangre, carne, tradición, religión. ¿Qué más pueden pedir?

—Es cierto —afirmó Vita.

—Me estoy temiendo que Feliciana comience a acariciar la idea de hacer un documental sobre esto. Yo lo haría si fuera ella. En la noche averigüé sobre ella. Por eso he podido darte información.

—¿Nadie sabe por qué discutió con Helena? —preguntó Vita.

—Hasta ahora no.

—¿Es un asunto de generación? ¿Aprovechar cualquier cosa para lograr la fama? —preguntó Vita, cínica.

—Que tú tampoco eres tan vieja —respondió él, divertido.

—Entonces, Feliciana es marimandona, extrovertida, bonita, ambiciosa. Un coctel clásico de banalidad para algunos —concluyó Vita.

Pensaba en lo diferente que resultaba «su» Feliciana con la idea que se había hecho ella sobre Helena Mayo. Una buscaba la fama y la otra había huido de la capital para vivir una vida tranquila.

Una vida que alguien le robó...

8

EL MISMO HOMBRE que abordó a Vita la noche anterior se presentó en el salón a los pocos minutos. Sin embargo, lucía diferente. En primer lugar, no llevaba la chaquetilla de chef. Por otro lado, ahora sus movimientos no eran erráticos porque no estaba bajo la influencia del alcohol.

Había ingerido café, eso le pareció por el aroma que desprendió cuando se acercó a ellos para estrecharles la mano. Vita miró su camisa azul para detectar alguna mancha marrón. No notó nada.

Si se acordó de Vita, lo disimuló muy bien. Ella estuvo convencida de que ni siquiera recordaba haberla visto antes.

—Henry Camel. A sus órdenes. Espero que esto sea rápido. Hoy es un día de mucho trabajo y lo que aquí ha pasado con esa mujer no detendrá nuestra planificación —alertó.

Luego se sentó, dejando una silla de por medio entre su ubicación y la de Vita.

—Bien, Henry Camel. Tenemos entendido que usted visitó ayer a Helena Mayo —comenzó a decir Gorka.

—Sí. Como a otros proveedores. Me interesaban algunos de sus productos.

—¿Es usted chef y además el gerente del proyecto? ¿Es que no cuenta con otra persona que se encargue de las compras de los productos? —preguntó el policía.

Para Vita, aquella fue una buena pregunta.

—Me gusta encargarme de lo importante, y no delegarlo —respondió—. Más temprano conversé con un agente policial y ya me ha preguntado esto. Decían que estaban reconstruyendo las últimas horas de vida de Helena Mayo —expresó.

—Comprenderá que volveremos a usted las veces que consideremos necesario hacerlo. Se trata de un asesinato. Ya lo sabe. Espero que eso no signifique muchas molestias —argumentó Gorka.

—Estuve en el local de Helena Mayo, en la tarde, después de la comida. No recuerdo la hora. Tal vez Michelle sí lo recuerde con exactitud. ¿Por qué no está ella aquí ahora mismo?

—Porque preferimos hablar con cada uno por separado.

—Para ver si nos contradecimos… Ya. Pues supongo que no somos sospechosos de nada. Yo no conocía a Helena Mayo de antes. Crucé unas palabras con ella sobre unos productos cárnicos que debía entregarnos hoy. Se trataba de una ternera muy especial, la que necesitábamos, y ella podía proveerla.

—¿Cómo la prepararía? —intervino Vita.

Henry Camel la miró por primera vez desde que había comenzado a hablar.

—Rodeado de bacón y con *foie* en *mousse*. No es mía la receta, sino de una excelente cocinera de la zona. ¿Le interesa la cocina, doctora?

—A mi esposo le interesa. ¿El bacón también lo compraría en Embutidos Tornadizo? —insistió.

—Así es. Dos kilos —respondió.

Ninguno de los hombres comprendía a qué venía la necesidad de contar con esos detalles de parte de la psiquiatra Eva Bell.

Ella había imaginado otra presencia en esa habitación. Nada más y nada menos que un hombre con el rostro desfigurado por la explosión del impacto de una bala proveniente de un arma de caza.

Allí estaba también Fabián Vejar.

9

LE SUSURRABA una pregunta al oído, a Vita.

—¿Estuvo mirando los productos exhibidos en la tienda de Helena? —preguntó.

—La verdad es que sí lo hice. Todo era de muy buena calidad. Los judiones, increíbles, las mermeladas también, una en especial. El aceite del Valle del Tiétar, con ese toque de la aceituna cornicabra, amargo, inigualable. Y por supuesto, la oferta fabulosa de variedad de caracoles *Helix aspersa* y cabrilla.

Vita se había dado por vencida. El sujeto le resultaba antipático, no por su comportamiento aquella mañana, sino por el de la noche, atizado por el trago. Pues ese sujeto, al menos en cuanto a su pasión por la comida, no era un farsante. Si no le hubiese dado detalles de los productos de Helena, así lo habría creído. Al contrario, parecía ser cierto que disfrutaba yendo de compras a lugares que ofrecían productos artesanales de calidad. Si el asesinato de Helena fue premeditado, tal como ella pensaba dado que iba tomando forma en su cabeza la tesis de que la misma persona que influenció a Helena, de tal manera que descuidara a su hermana, la había asesinado y tuvo para esto que planearlo, no le parecía lógico que el asesino se hubiese fijado tanto en los productos en venta.

Esa era la prueba a la que acababa de someter a Henry Camel. Sin embargo, Fabián Vejar tocó la mesa tal como tocaba la mesilla de su consultorio años atrás, moviendo los dedos como si tocara un piano.

—Podría haberla visitado antes, justamente porque es el asesino. Podría interesarse por los productos y también interesarse en el asesinato de Helena. No, doctora, su razonamiento es incompleto. No puede descartarlo, así nada más —le dijo el imaginado Fabián Vejar.

—¿Crearán un plato con caracoles? —preguntó Vita.

—Esta vez no. Pero estoy investigando platos antiguos con ellos. El consumo de caracoles se remonta al paleolítico.

—Plinio el Viejo en *Naturalis historia* —apuntó Gorka en voz baja.

—Acaba usted de brindarme una gran sorpresa. Le aseguro que muy grata. No es común encontrar un agente de la ley que sepa de estas cosas. Perdone que se lo diga.

—No se preocupe —respondió Gorka.

Vita también estaba sorprendida. Comenzó a preguntarse qué otra cosa podría sorprenderla de Gorka.

—Puede que le hayas creído muy rápido su versión

de las cosas, doctora, sobre la razón por la que visitó a Helena, cuando la halló muerta. Pero ¿en realidad la encontró muerta? —le preguntó Fabián Vejar y luego desapareció.

10

En ese momento, entró una chica de baja estatura y pelo ondulado y corto. Llevaba chaquetilla blanca y pantalón. También gorro de cocina.

—Me han dicho que viniera aquí. Otra vez desean hacernos preguntas —dijo la chica con tono de aceptación.

Lo que Gorka había dicho no era verdad. No había una planificación para entrevistarlos por separado. Solo que Michelle Campillo se había retrasado.

Aprovechó ese hecho para ver cómo reaccionaba Henry Camel, sintiéndose interrogado en soledad. Pero la reacción de Camel fue equilibrada.

Para Vita, Michelle Campillo era una especie de «Blanca Nieves». Le había parecido que su entonación al hablar procuraba dejar en el aire la idea de que era cándida. Quedaba por comprobar si en realidad lo era o más bien era eso que algunos llaman «mosquitas muertas». Era llamativo que Henry Camel la llevara a la tienda de Helena. ¿Por qué esa deferencia con ella de entre los demás cocineros? Además, con algunos tragos encima, el sujeto se tornaba buscón. Ella podría aprovechar esa situación para beneficiarse. Su apariencia también era similar al personaje animado del conocido cuento; cabello negro y tez muy blanca. Muy similar a la de Betty Boop, si se le veía bien. Tal vez también le gustara transmitir esa ambigüedad, esa zona media entre la candidez y la seducción.

—¿Es usted Michelle Campillo? —preguntó Gorka.

Ella asintió y, al hacerlo, sonrió.

«Ha ensayado esa sonrisa. Gana la tesis de la falsa Blanca Nieves», pensó Vita.

—Por favor, siéntese un momento —agregó el detective.

Ella volvió a sonreír.

—¿Michelle, viste algo en Embutidos Tornadizo que te extrañara? —le preguntó Vita.

—No entiendo cómo quiere que responda. Yo... no lo sé —dijo y miró a Henry Camel como pidiendo su auxilio.

—Algo en la tienda, en el comportamiento de Helena Mayo —se explicó Vita. No dejaba de observarla. Quería grabarse su apariencia, sus modales, su forma de hablar. También sus palabras.

—Pues la verdad... no sé si será importante, pero sí que vi algo. Y voy a decirlo, a riesgo de que me llamen tonta o fantasiosa. Cuando llegamos, ella escondió algo. Estoy segura.

11

—¿Qué? —preguntaron al unísono Gorka y Vita.

—No estoy segura, creo que fue un libro. Pareció sorprenderse al vernos y, acto seguido, se vio como descubierta. Como cuando uno no quiere que lo vean haciendo alguna cosa. Estoy segura de que tomó un objeto que contaba con páginas, me pareció un libro, y lo guardó en un cajón del mueble que tenía delante de ella, justo antes de llegar a la puerta que imagino conducirá a las áreas administrativas de la tienda. Pero quizás no sea nada —completó.

—¿Podría dar alguna descripción más detallada de ese objeto? ¿Tamaño? ¿Color?

—Del tamaño de una carpeta. De cobertura negra.

—¿Pudo ser una carpeta?

—Sí. Pero no sé por qué pensé que más bien era un libro. Es todo lo que puedo decirles.

—¿A qué hora fue usted con Henry Camel a la tienda de embutidos?

—A las cuatro de la tarde. A las cuatro y cinco minutos. Lo recuerdo porque antes de entrar en la tienda me detuve y escribí un mensaje en el móvil a mi hermana. Quería saber qué tal me estaba yendo. Ella siempre está pendiente de mí —añadió y miró a Gorka. Volvió a sonreír.

—¿Hasta qué hora estuvieron allí? —preguntó él.

—Puede que unos diez minutos. No creo que fueran más de quince. Luego salimos y nos dirigimos a la plaza del Mercado Chico, y nos tomamos unas cervezas en un bar mientras conversábamos sobre unos detalles de la cena de hoy. ¿Lo recuerdas, Henry?

—Sí. Así fue. Tú tomaste un vermut y yo una pinta. Entonces, hubo aquel problema.

—¿Cuál problema? —preguntó Vita.

—Este lugar. Ese es el problema. Sabe lo que significa esa muralla. Lo que significaba y todavía significa. La muralla representaba la división entre el «espacio salvaje» y el «civilizado». Afuera vivían los campesinos. Adentro los señores. Pues estos señores no han variado. Su forma de interpretar las cosas hace el juego al mantenimiento del *statu quo*. Son gente muy tradicional que temen a los cambios. Los muros no son solo físicos. Eso pienso yo. Pues estaba una mujer conocida, según dijeron otros presentes que se encontraba en el bar, y llegó un hombre y la abordó. Discutió con ella acaloradamente. Algo que tenía que ver con un asunto místico. Yo creo que la ideología y la religión son la fuente de todos los males de la Tierra —afirmó Henry Camel con extraña vehemencia.

—No hay nada más místico que la comida, ¿verdad?

—opinó Michelle. La pregunta iba dirigida a Camel. De seguro era algo que él en algún momento había dicho, y ella lo repetía.

Él la miró con desprecio momentáneo, como si ese instante fuera una grieta en su bien cuidada muralla interior y a través de ella pudiera verse, solo por un momento, su verdadera opinión sobre Michelle Campillo.

—Si no quieren preguntarnos nada más, tenemos mucho trabajo que hacer —comentó Henry Camel.

—Cuando salieron del bar, ¿qué hicieron? —preguntó Gorka.

—Pues vinimos al hotel. Se está aquí en cinco minutos. Y cada uno se fue a su habitación. Luego salimos a cenar a las siete y media. Y nadie puede confirmarlo, me temo. Al menos en mi caso —afirmó Camel.

Michelle Campillo entrecerró los ojos. A Vita esa también le pareció una expresión ensayada.

—En el caso mío, tampoco. Me di un baño y me quedé dormida. Estaba muy cansada. Espero que eso no sea un problema…

12

—¿Y ahora qué? —preguntó Gorka cuando salieron del salón.

—Vamos a la escena del crimen. Quiero ver si damos con el libro que Michelle Campillo ha mencionado. Y luego me gustaría saber qué dice ahora Enrico Campomanes.

—Podemos pedir a alguno de los chicos que lo haga por nosotros. ¿Por qué Helena escondería un libro de alguien que entrara a su tienda? Lo que leyera es asunto suyo y de nadie más —argumentó Gorka.

—No lo sé. Es muy extraño para ser mentira. Y también para ser verdad. En mi experiencia, ese es el tipo de cosas que hay que considerar para llegar a comprender una verdad oculta. Justo las cosas extrañas son las que no lucen como mentiras intencionadas —dijo Vita.

Gorka movió la cabeza hacia un lado, como concediéndole una dosis de razón muy justa.

Se encaminaron a la tienda de Helena. En la salida del hotel volvieron a ver a Feliciana Capón con su asistente. Ella se les quedó mirando, interesada.

—Me temo que pronto querrá hablar contigo. No es de las que pierden tiempo —sugirió Vita.

—A ninguno nos gusta perder tiempo —comentó Gorka algo serio.

En ese momento, vieron una pequeña manifestación de mujeres. Eran unas veinte a lo sumo, que caminaban hacia el Palacio de los Verdugos. Era una manifestación contra lo que llamaban el feminicidio de Helena a manos de su esposo.

—Hay que joderse. Ya han decretado que el culpable es Enrico. No me lo creo… —masculló Gorka.

Llegaron a la calle Bracamonte, luego tomaron el camino a la plaza del Mercado Chico. Allí ondeaban los estandartes de las cofradías para los actos de la Semana Mayor. Las calles de piedra, el pasado que envolvían, las miradas de quienes residían en Ávila y los miraban con desconfianza, el día gris y algo frío había dotado a la ciudad amurallada de un clima trágico. Vita recordó las palabras de Orson Welles. Si la ciudad siempre había conservado ese espíritu particular de otro tiempo, ahora este se había visto contaminado de la peor manera por el crimen de Helena. Era como si la barbarie la hubiese tomado por asalto, como si Ávila fuera la grieta por la cual el país iba a abrirse para hacerse trágico. ¿Qué era lo que el asesino quería decir con esa puesta en escena del cadáver? ¿Por qué Fabián Vejar lo había previsto años antes?

Vita había revisado sus notas en la madrugada. Las

que Eugenia le había enviado, relativas a las consultas de Vejar, sin embargo, no extrajo nada relevante sobre el asesinato de Sanchia Paz ya que en ese momento para ella no era importante la escena del crimen, sino la psiquis de Fabián. Lo que fuera que Vejar sabía se lo había llevado a la tumba.

—No me creo que no tengas una conjetura sobre lo que Helena te quería decir cuando te pidió que fueras a verla. Alguna idea debes tener —sugirió Vita una vez que se desprendió de sus pensamientos.

—Mira que le he dado vueltas y solo se me ocurre una cosa. Últimamente la presencia de Encarnación Cotta ha revuelto las aguas. Ella debió ser la que se hallaba en el bar El Cine, que de seguro es donde Camel y Campillo estuvieron anoche. Ya lo deben haber comprobado mis compañeros. Es el único de esta zona abierto a esa hora. Aquí la gente tiene unos horarios de apertura bastante flexibles, pero Luis sí que abre a toda hora. Creo que Encarnación debió estar allí y ventilar algunos de sus temas complejos, y alguien de tradicional creencia religiosa debió picar el anzuelo. Uno de los cercanos a la hermana Crispina, la monja más conocida del colegio El Santísimo, que está unas calles más abajo. También de las más conservadoras. Dicho de otra manera, estas dos mujeres han convertido la ciudad en una batalla campal, y cada una es un mariscal de campo. Cada una tiene su ejército.

Hizo una pausa. Luego se quedó mirando a una mujer que vestía de religiosa. Ella, al reconocerlo, se acercó hacia ellos con determinación.

—Y hablando del rey de Roma —susurró Gorka.

Se encontraban en medio de la plaza.

13

—Ni templanza, ni prudencia, ni fortaleza ni justicia. Las virtudes cardinales cada vez más vencidas en nuestra ciudad y nuestro mundo. Debemos estar preparados, detective Lavín. ¡Querido Gorka...! Paz y bien para ti, querido hijo, ahora y siempre —exclamó la religiosa.

Hacía como si Vita no estuviese allí.

Era alta y fuerte. Aunque no rolliza. Las facciones de su rostro eran definidas y se demarcaban en él los signos de la edad. Sin embargo, su mirada era inteligente. Era una mujer con una personalidad definida. A la vez demostraba bondad, cercanía. Eso pensó Vita. Se fijó en los ojos castaños, enmarcados en unas ojeras que parecían perennes. Su cara ancha, la nariz grande, los labios pronunciados.

—Espero que tu madre esté bien. Dime que pronto sabrán quién le hizo esto tan horrible a esa pobre mujer —dijo ella.

—Estamos en ello, hermana Crispina —respondió Gorka.

—Era lo que faltaba, que ahora el espectáculo de la muerte y sus espectadores nos arropen a todos. No quiero ni pensar cómo tratarán esta noticia. En el colegio ya tomaremos medidas. Los pobres chicos apenas van llegando del viaje a Canterbury, y regresaban tan entusiasmados…

—Ella es la doctora Eva Bell. Ha venido a colaborar en el caso —se apresuró a informar Gorka, ya que Crispina se había quedado observándola. En realidad, se estaba haciendo una idea de ella, de quién era y de por qué estaba allí. Al obtener esa nueva información sobre la identidad de Vita, pareció establecer un saldo positivo. Ella era de las personas que, si no aprobaba a alguien, podía cerrarle la puerta en la cara sin ningún miramiento.

Vita iba a estrechar la mano de Crispina, pero esta se acercó a ella. Con la mirada, pareció pedirle un permiso de proximidad.

—¿Puedo abrazarla? —le preguntó.

Vita asintió.

Crispina Fuentes la abrazó con calidez.

—Si ha venido a ayudar, tiene usted todo mi apoyo. Algunas veces estar tan cerca del problema impide que se vea tal como es —completó.

De repente, Vita se sintió embargada por un rara tristeza; sintió mucha pena por Helena. El acto que hizo la religiosa de acercarse a ella le había desatado algo en el interior. Tal vez porque desde hacía mucho tiempo nadie le pedía o le demostraba cercanía. Hasta hacía poco, había estado planeando la muerte de un ser humano a quien ni siquiera conocía y que no tenía la culpa de nada. En todo caso, la infidelidad y la traición las cometió Renart, su marido, no esa mujer. Sintió vergüenza de sus planes anteriores. De no percibirse parte de algo, de un plan que valiera la pena. Se dio cuenta de que ese maldito lugar amurallado, el sangriento y burlón asesino que lo había tomado como escena, de alguna manera la había salvado. Ya ella no era la Muerte que remedaba el canto del hombre en aquel cuadro de Brueghel. Ahora no triunfaría la muerte.

¡Tenía que saber qué le había pasado a Helena Mayo para volver a vivir una vida que valiera la pena!

14

—Pues los dos deben ver algo. Es importante y tiene que ver con el asesinato de Helena Mayo. Tienen que seguirme. Ha sido providencial que nos hallamos encontrado aquí, en la plaza. No sabía qué hacer con ello, a quién mostrarlo primero. Claro que había decidido llevarlo a las autoridades —completó.

Una vez que dijo eso, tomó la delantera en dirección a la calle ubicada en el extremo sur para tomar la calle Vallespín.

Gorka y Vita intercambiaron miradas y decidieron seguir a Crispina.

Pasaron de largo la catedral y continuaron por una pequeña calle.

Pasaron frente a un palacio militar y luego cruzaron la plaza San Esteban. Luego llegaron a la Puerta de la Adaja de la muralla de Ávila y salieron de la ciudad. En la avenida Madrid, bordearon la rotonda para cruzar el puente sobre el río Adaja. Los árboles a la vera de las aguas doblaban sus copas. Soplaba una brisa fría. Vita, de niña, tenía la impresión de que al cruzar los ríos el viento lo sabía, y por ello arreciaba. Su madre la llevó a París de chica, la primera vez, y recuerda que sus manos se entumecieron, que los dedos se le paralizaron, justo al cruzar un puente sobre el Senna.

Miró a ambos lados. El paisaje era bonito, singular. Ella nunca antes había atravesado ese puente. Supuso que Gorka sí lo había hecho.

La religiosa permanecía callada. Caminaba junto a ellos. Justo cuando iban terminando de cruzar el puente, habló:

—Ya vamos a llegar. Faltan solo cien metros —dijo. Vita sabía que esa información iba para ella.

Llegaron a una rotonda y tomaron hacia la carretera Soria-Plasencia. Luego giraron brevemente a la izquierda y allí estaba el lugar al que Crispina Fuentes quería llevarlos.

—Por aquí —dijo.

Vita sintió escarpada la voz de la mujer, en tonos desiguales, como si fuera un manto cubriendo muchas emociones. Antes no lo había notado.

—Les he pedido que me acompañen porque eres un hombre con muy buen juicio —confesó Crispina a Gorka.

Se detuvo ante una casa construida hacía siglos. Parecía una fábrica, poseía un molino en desuso. Crispina abrió la puerta. Su sonido parecía un lamento. Este volvió a escucharse cuando Crispina cerró, seguido del ladrido de un perro que estaba en alguna parte.

A la mente de Vita vino repentinamente la imagen de

la muralla que vio camino hacia allí. Las paredes de piedra comenzaban a asfixiarla. Se preguntó cómo haría Helena Mayo para encarar la rutina en un lugar como ese, luego de haberse ido, y haber pasado su vida en una ciudad como Madrid. Por otro lado, creía en los cambios. Quizás fuesen ideas suyas, nada más, pero le parecía una renuncia a lo complejo, difícil de sobrellevar. Por otra parte, su relación con personas religiosas era escasa. Creía que la Iglesia católica estaba desfasada de los tiempos que corrían, era muy lenta en cambiar, en adaptarse. Sin embargo, también creía que las religiones ofrecían a las personas orden y sentido en muchos ámbitos de sus vidas.

«¿Buscaría Helena Mayo un cambio religioso?», se preguntó.

Entonces, apareció en su cabeza un recuerdo como si de repente emergiera de las profundidades con fuerza. Solía pasarle, algunos ambientes, los objetos, los escenarios la llevaban a pensar cosas y desde ese pensamiento se desprendían con fuerza informaciones reservadas en su subconsciente.

«Es muy racional, muy equilibrada. Pero eso no sirve para ser feliz. Siempre se lo dije. También que un día se daría cuenta de que había perdido el tiempo. Ella nunca me engañó». Eso había dicho Jennifer Mayo sobre su hermana.

15

Atravesaron un patio interior de la antigua fábrica de harina.

En el medio había una fuente sin agua. Debió haber sido blanca en algún momento, pensó Vita.

Pasaron por el lado de una figura amputada de brazos que se hallaba tendida en el patio. Era una masa gris deforme que pudo haber sido una mujer, una virgen o una santa en la mente del escultor, quien no pudo terminar la obra. «Algo inconcluso», se dijo la psiquiatra.

Vita pensó que todo allí llevaba al pasado. Era como un lugar de restos, y eso la afectaba porque ella también se veía a sí misma como un resto, como la escultura inconclusa convertida en la masa gris. Ahora quería dejar de ser eso.

—¿Cree usted en la culpabilidad de Enrico Campomanes? —preguntó Vita de repente.

Crispina, para ese momento, caminaba delante de ellos. No volteó para responder.

—No. Enrico no haría eso. Ha sido Mateo, el alcalde —respondió la religiosa con seguridad.

Las palabras de Crispina sonaron en la cabeza de Vita como una alarma. Volvía a maquinar la forma de mantenerse en la investigación y de que no la sacaran de allí. Sabía que no tenía nada a su favor. De las notas de Fabián Vejar no había sacado nada en claro. Maurice Scott la quería allí, pero no sería así por mucho tiempo. Bonilla, más temprano que tarde, la enviaría a casa. Culparían al marido, sin mucha investigación. Gorka no se opondría. Todo con tal de no investigar al alcalde de esa zona tan cercana a la capital del país, pero a la vez tan diferente. La cercanía geográfica no significaba semejanzas en formas de pensar, necesariamente. Allí en la ciudad amurallada podría ser más sencillo tejer vínculos estables, inamovibles, incondicionales, sin que nada lo impidiera. Incluso hacerse de la vista gorda ante acciones criminales. Podría ser así.

En medio de todo, de lo inamovible que le resultaba a Vita la mezcla de tradición y religión que percibía en la ciudad amurallada y sus alrededores, también podría resultarle un lugar espantoso. Aquel lugar podría, como en otras ocasiones de la historia medieval, resultar un promotor de cruentas injusticias. Tal vez la ciudad no estuviese preparada para comprender cómo un líder carismático y prometedor era en realidad un asesino delirante, con un mensaje que transmitir, que tomara cosas de las creencias de todos y las convirtiera en algo opresivo, pretendiendo ser en cambio algo reparador.

Esas ideas daban vuelta en la cabeza de Vita desde la noche anterior. Solo que el encuentro de aquella mañana con la desquiciada Jennifer Mayo, la aparición imaginaria de Fabián Vejar, y ahora la compañía de la religiosa culpando al alcalde, le transmitían un desconsuelo mayor y difícil de racionalizar.

—Crispina, mira que es grave lo que afirmas. Hay que tener pruebas —argumentó Gorka, quien caminaba junto a Vita.

—Lo he visto reír, actuar como si nada. Hoy mismo. La trágica noticia de la muerte de un ser humano tan ligeramente tratada… Nadie, solo el asesino podría tener esa actitud tan inhumana. Esto será un antes y un después en esta ciudad, en el corazón de todos. Era la gota que faltaba para rebasar la copa.

Gorka hizo una mueca a Vita. Pareció decir que la afirmación de la religiosa era infantil, gratuita. Sin embargo, Vita se quedó pensativa.

Subieron un escalón, imitándola a ella, y llegaron a un pasillo con un suelo rugoso. Encontraron a un cachorro blanco y negro, de pelo muy corto, casi inexistente, y orejas a media asta, hecho un ovillo en medio del pasillo. Le faltaba una parte de una de las patas traseras.

—Turrón, vete atrás —dijo la hermana Crispina en un tono dulce, diferente al que había usado antes. El animal abrió los ojos con lentitud y decidió no obedecer. Volvió a cerrarlos.

Tomaron un estrecho corredor que parecía irse reduciendo hasta terminar en una puerta entreabierta. La luz tenue dejaba ver en el interior de la habitación, en donde podía observarse la pata repujada de una mesa, un estante de madera y varias sillas sencillas. Un cuadro de san Francisco de Asís colgaba en la pared. Unas flores pálidas estaban dispuestas bajo el cuadro, en un macetero opaco.

Olía a jalea de fruta. Ese olor humanizó el lugar. Alivió un poco la sensación de abatimiento que cargaba a cuestas Vita y la perplejidad que pesaba sobre Gorka. Este último se preguntaba qué era lo que la religiosa iba a mostrarles. La sensación de que estaba perdiendo el tiempo continuaba dando tumbos en su cabeza y se acrecentaba. Turrón les pasó por el lado, lamió la mano de Crispina, se devolvió y se perdió de vista.

Crispina se detuvo y ellos también lo hicieron.

—No había entrado en este lugar desde chico. ¿Qué harán con él? —preguntó Gorka.

—Por ahora, nada. Seguirá siendo lo que es, a Dios gracias —expresó Crispina.

—¿Alguna vez habló con Helena Mayo? —preguntó Vita.

Se hallaban ante la puerta entreabierta.

—Sí. Muchas veces. Ella buscaba nuevos aires —respondió Crispina, condescendiente.

A Vita le pareció graciosa la expresión «nuevos aires».

—Como tal vez también lo hacía la otra mujer —completó la religiosa.

—¿Qué otra mujer? —preguntó Gorka, arrugando el entrecejo.

Vita la miró expectante y por un segundo anticipó la respuesta.

—La mujer en la ciudad de Madrid, Sanchia Teresa Paz —dijo Crispina con simpleza.

EL OLOR A FRUTA se hizo más intenso.

La cara de la religiosa transmitía desagrado y preocupación. Pero no dijo nada más.

Tanto Gorka como Vita asumieron que continuaría hablando cuando se sentaran. El tiempo de respuesta de Crispina parecía llevar su propio ritmo; nada la apuraba, nada la enlentecía. Era como si supiera discernir el momento exacto para cada cosa.

Los segundos transcurrieron pesados allí, de pie ante la puerta entreabierta. Sobre todo para Gorka, que era impaciente. Vita pensó que el detective no tenía idea de quién era Sanchia Teresa Paz. No le sonaría de nada.

Crispina, por fin, empujó la puerta y los invitó a pasar.

Había una mesa en el área central y ocho sillas a su alrededor. Vita notó una capa de polvo sobre los objetos. Sobre todos, menos uno. Un paquete de envío.

Escucharon unos pasos lentos.

—La hermana África lo ha encontrado junto a las puertas del centro. En el antiguo buzón. Iba dirigido a mí. Solo encontrarán las huellas de ella y las mías. Nadie más lo ha tocado.

Gorka apuró los pasos para llegar junto al paquete. Había sido preparado de manera casera. No provenía de ninguna empresa de envío, ni de Correos ni de ninguna entidad privada. Consistía en un envoltorio color sepia, con una etiqueta que incluía el nombre de la religiosa.

Vita se aproximó también a él.

Ninguno de los dos notó que en el umbral de la puerta se había detenido otra mujer y desde allí los observaba.

—Contiene una hoja llena de sangre. Y dos nombres escritos en ordenador. Sanchia Teresa Paz y Helena Mayo.

Al tiempo en que Crispina hablaba, Gorka tomó la hoja con la punta de un bolígrafo que sacó de alguna parte y logró moverla desde el interior del sobre. Leyó. Vita también miraba el objeto y le pareció aterrador. Los nombres de dos mujeres que habían sido víctimas del mismo hombre. Al menos, eso parecía. Y Fabián Vejar lo supo desde antes. Que el asesino de Sanchia no pararía. Pero, en cierta forma, lo había hecho durante muchos años. ¿Qué era lo que había pasado para que volviera a atacar?

El recuerdo de la escultura amputada o inconclusa brilló en su cabeza. Pero entonces algo la distrajo.

Era el contacto con una mano fría que tocó su brazo.

17

—Soy la hermana África. Yo encontré eso —dijo una mujer joven que vestía hábito.

La misma que tocó el brazo de Vita.

—¿A qué hora revisó el buzón? —preguntó Gorka a la recién llegada.

—Pues en realidad no lo revisé. Es un buzón antiguo. No lo usamos. Solo pasé por allí y noté que algo sobresalía, un trozo del envoltorio. Eso me extrañó. Sobresalía en la parte de arriba. Las casillas no poseen seguridad ni nada por el estilo. Cualquiera puede abrirlas. Es un buzón decorativo. Posee cuatro puertecillas de hierro, cada una con su manija, y al frente un recuadro dorado en donde antaño se ponía el nombre del propietario. Arriba lleva un farol, o lo llevaba, para que quien depositara las cartas en la noche pudiera leer —dijo la mujer.

Al hablar no miraba a los ojos a nadie. Mantenía la vista gacha y su voz era casi inaudible.

«Tímida, introvertida, la está pasando mal porque

actúa fuera de su esfera confiable al tener que interactuar con extraños, y con unos que acostumbran a tratar con lo peor de la humanidad», diagnosticó Vita.

«Tal vez su psiquis sea de alguien menor, puede que una adolescente», completó.

—Lo tomé y lo llevé a la oficina donde la hermana Crispina suele atender algunas cosas —afirmó la hermana África.

—Y yo llegué unos minutos después. Lo abrí y vi lo que ustedes ya han visto. Las dos, África y yo, comprendimos que era algo importante.

Gorka inspiró, como decidiendo qué hacer en ese momento.

—Estas palabras, estos dos nombres, son importantes en la investigación. Ahora bien, hay que investigar quién es Sanchia Paz… —dijo a Vita, como olvidando que allí se encontraban las dos religiosas, o considerándolas dignas de confianza.

—Yo sé quién es Sanchia Paz. Maurice Scott también lo sabe —respondió Vita.

Sanchia Paz era, sobre todo, la razón por la cual no podrían sacarla del caso. Ahora mismo era ella el único eslabón vivo que unía de alguna manera la vida de las dos mujeres víctimas del asesino.

—Lo hablaremos luego —propuso Vita.

Gorka asintió. Lo importante en ese momento era entregar el papel y el envoltorio a los forenses para que indagaran lo que pudieran.

—¿Y las otras palabras? —preguntó África con la voz temblorosa.

—¿Cuáles otras palabras? —intervino Gorka.

—¿No las ven? Las que se completan uniendo las letras que han sido subrayadas en el mensaje. De chica jugaba con mis hermanos, dejándonos mensajes en clave, subrayando letras y luego armando palabras con sentido. La clave era que tenían que usarse todas las letras y ninguna debía sobrar…

Apenas terminó de hablar la joven religiosa, Gorka y Vita miraron la hoja de papel con nuevos ojos.

18

Estaban subrayadas las letras «s, n, c, i, t, a, l, n, a, o».

La letra «c» contaba con dos guiones de subrayado.

—No entiendo a qué se refiere —reconoció Gorka.

—Las letras subrayadas construyen la frase «la constancia». Es la única forma en que todas esas letras, incluyendo dos «c», pueden ser usadas por completo. Eso creo —respondió África.

—¿A quién le ha hablado de su juego de niña? —preguntó Vita.

—Una vez lo dije en una reunión. Había mucha gente de aquí. Hablábamos de varios pasatiempos que no empleaban tecnología, más allá del papel, el lápiz y la imaginación —reconoció la religiosa.

—¿Por qué lo han dejado aquí y dirigido a mí? ¿Es que la sangre es de Helena Mayo? —preguntó Crispina, indignada—. ¿A qué nos estamos enfrentando?

—Debemos llevarlo al Departamento —respondió Gorka.

Crispina miró al detective y movió la cabeza en señal de asentimiento.

África miró hacia abajo. Luego dejó la vista puesta en el rincón, cerca del cuadro de san Francisco, y después hacia abajo otra vez. Quizás no volverá a levantar la mirada, pensaba Vita. Seguramente se sentía invadida en el centro que, de alguna manera, administraba su congregación. Ese lugar, que a todas luces había sido una antigua fábrica de harina y que por alguna razón ella y Crispina visitaban con frecuencia.

—¿Todas las mañanas vienen aquí? —preguntó Vita—, ¿usted viene todas las mañanas, hermana África? —insistió.

La aludida no levantó la mirada, pero Vita adivinó su miedo. Los músculos inferiores de su rostro se tensaron.

—Todos los domingos. No hay actividad normal en el colegio y…

—Entiendo —dijo Vita. El asesino sabía que la hermana capaz de decodificar el juego de las letras encontraría el sobre. También que la mujer a quien lo había dirigido lo vería. Se imaginaría que ambas mujeres abrirían el sobre o que Crispina, al ver su contenido, llamaría a África para saber su opinión. La joven religiosa era introvertida al extremo, pero muy inteligente. Contaba con una mente deductiva, una educada desde niña, en sus juegos mentales. Así, el asesino lo sabía todo.

—Comprendo que quieran irse y llevarse ese espanto de una vez. Yo también experimenté esa sensación de urgencia al verlo. Hay que comprobar que la sangre sea de Helena Mayo y todas esas cuestiones científicas. Cuando los hallé en la plaza, había salido con la firme intención de dirigirme al Departamento de Policía. Pero vi la ciudad cambiada, los periodistas buscando información, los vecinos desechos, sin entender lo que ha pasado. Y pedí a Dios orientación, y allí estaban ustedes. Bendita la luz…

—Nada te turbe, nada te espante, todo se pasa… —recitó África en voz muy baja.

—Hermana, por favor, ¿podría proporcionarme una bolsa plástica, un envoltorio? Quiero llevarme el sobre y el papel de esa manera —pidió Gorka—. Si se trata de una bolsa que no haya sido usada, se lo agradecería.

África se encargó. Volvió con una bolsa plástica de cierre zip de buen tamaño y nueva. Gorka metió el sobre dentro de ella. También la hoja y cerró. Luego lo guardó en el bolsillo interior de su chaqueta ligera.

—Pero ahora mismo no pueden irse. Hemos convocado a unas personas para decidir cómo encaramos el caos. Da igual lo que opinen los demás. Desde aquí hay que tener una respuesta. Deben estar por llegar. Les pediré que, por favor, participen. Gorka, eres un chico listo. Siempre lo has sido, desde que eras un crío. Sabrás llevar nuestras preocupaciones a donde sea preciso. Porque estoy segura de que todo esto tiene que ver con la influencia de esa mujer, de Encarnación Cotta, y su «nueva mística». Y con el alcalde Mateo Cala, que es instrumento del enemigo —dijo Crispina, exasperada.

En ese momento, alguien tocaba a la puerta. Todos voltearon, incluso África.

Se trataba del alcalde Mateo Cala Guillamas.

19

«HAY QUE JODERSE», pensó Gorka.

Tras el alcalde, vieron a Isabel Martiherrero. Y también a una mujer desconocida para Vita.

Los tres ingresaron a la sala.

—Bienvenido, alcalde —dijo Crispina y se acercó a él para estrecharle la mano.

Este se apresuró en hacerlo. Isabel Martiherrero no se desprendía de su lado. Aguardó a que se saludaran y luego saludó a Crispina. El alcalde saludó a África. Ella le tendió la mano, apenada, pero resignada a tener que mostrarse más sociable de lo que le gustaría.

La otra mujer se acercó a Vita.

—Soy Encarna. No te había visto antes. No eres de la ciudad —manifestó. Luego le dio la mano. Vita se presentó como Eva Bell.

Encarnación Cotta era una mujer de cuarenta años, cuarenta y cinco a lo sumo. Parecía jovial. Hizo un esfuerzo por sonreír a pesar de las circunstancias. Iba vestida de negro de pies a cabeza. Eso resaltaba aún más su tez pálida. También lo hacia su melena ámbar.

—Mucho gusto —dijo Vita.

—Hola, Encarna —saludó Gorka. Lo hizo dando dos besos.

Son amigos, le cae bien. Eso se dijo Vita a sí misma sobre su compañero aquella mañana.

—Hola, Gorka. He oído que estás en el caso del feminicidio. En algún momento tenía que tocarnos. Es algo que tenemos que resolver cuanto antes —le dijo. Crispina la escuchó.

—Es el problema de tomarse las cosas a la ligera, siempre prevalecen las respuestas más sencillas. Para culpar a Enrico habría que tener pruebas, por ejemplo —dijo a todo el grupo la religiosa.

Encarnación hizo silencio, pero la miró retadora.

—Bien, Crispina, querías que te visitáramos y aquí estamos. Comprenderás que tenemos ocupaciones. Estoy seguro de que una buena razón te ha movido a convocarnos. Te escuchamos —intervino el alcalde. Y luego sonrió. Lució convincente. Vita pensó que parte de su encanto, y una no despreciable, era su dominio de la escena, su forma de moverse y de hablar.

—Sentémonos, por favor —pidió Crispina y señaló la mesa.

Todos obedecieron. El tono de la religiosa había adquirido un temperamento grave.

—La hermana ha preparado café y hay suficientes perrunillas para todos. La hermana Úrsula las hace muy bien —dijo Crispina con una entonación muy extraña, casi festiva, considerando la situación. El salón se hizo más oscuro. Por alguna parte entraba brisa. También había humedad entre las viejas paredes.

La hermana África salió de la habitación. Todos quedaron en silencio. Otra vez Crispina manejaba los segundos a placer.

Se escucharon de vuelta los pasos de África. Porque en ese lugar, los ruidos tenían eco.

Ella entró, cargando con las dos manos una bandeja blanca. La dejó en medio de la mesa.

Gorka sintió una sed desesperante. El desconcierto parecía haberle incendiado la boca. Miraba la jarra de agua en el medio. Sus ojos se concentraron en ella, y en el vaso que lo esperaba justo allí, al alcance de su mano. Cuando iba a disponerse a tomarlo, la voz de la hermana Crispina lo interrumpió. Gorka odiaba las interrupciones. En especial, odiaba estar allí en lugar de llevando el sobre y su contenido al Departamento. Sabía que le quitarían el caso. Se lo darían a alguien de la ciudad de Madrid. Ese no era el plan. Que lo ignoraran en medio de aquello, en medio de algo que se saliera de lo normal. Y en lugar de luchar por su lugar, aunque fuera como compañero del detective de la capital que designaran, estaba allí siguiéndole el juego a Crispina Fuentes.

Vita sentía que algo iba mal. Notó el malestar de Gorka. ¿Hablar de preparaciones en medio de una muerte como la de Helena, y siendo el remitente escogido por el asesino para enviar un sobre? Era demasiado frío, y a la vez, esa frialdad resultaba sutil. Nadie que no hubiese estudiado Psiquiatría, y que no hubiese pasado años de ejercicio profesional escuchando a quienes estudiaban las escenas de los crímenes, se hubiese dado cuenta de esa tenue incongruencia.

—Bendice, Señor, estos alimentos que vamos a consumir, que son producto de tu bondad, y bendice a todas aquellas manos que los prepararon. Te pedimos, Señor, por aquellas personas que no tienen que comer. Amén.

Las hermanas sirvieron las tazas de café en medio de un insoportable silencio.

«Esto es de las cosas más extrañas que he vivido; un asesinato remedando a la santa de las santas y ahora esto tan surrealista, este silencio que espera…». Eso se dijo Vita.

Crispina puso agua en un vaso que ofreció a Gorka. Este le agradeció. Tomó el vaso y bebió. Aunque no quería dar la impresión de estar sediento. Mucho menos pretendía que notaran el estado de frustración que lo embargaba, que era la verdadera causa de su sed.

Una cucharilla golpeó el cuerpo de una las tazas. La de alguien que había puesto azúcar al café. Las religiosas, al ofrecer las tazas a cada uno, habían tenido la previsión de dejar junto a la tacita, en el platillo que la sostenía, un sobre de azúcar morena y una pequeña cuchara. El sonido que se produjo fue agudo, demasiado agudo.

—Creo que lo que aquí ha pasado con Helena Mayo es solo el principio, y todos los presentes están relacionados.

La voz de Crispina Fuentes se hizo más profunda de repente.

20

—¿Por qué dices que es el principio? —preguntó el alcalde.

—Porque todo es culpa tuya y tuya —respondió ella, dirigiéndose a Mateo y luego a Encarna.

Se escuchó un murmullo.

—¿Puedes explicarte? —preguntó el alcalde. La acusación lo había sorprendido. Incluso parecía divertido.

—Normal que me culpes a mí, Crispina. Tal como lo has hecho desde que empezamos con los cursos de mística moderna que tanto te molestan. Sobre todo desde que algunos chicos y chicas, alumnas de tu colegio, han participado. Ya no es normal seguir una idea sin cuestionársela de vez en cuando, Crispina. Pero de allí a culpar a Mateo porque no ha atendido tus cartas de quejas a lo que hago es demasiado.

Encarnación tomó aire.

—Y además… ¿qué diablos tiene que ver lo que le hicieron a Helena con nosotros?

Esa pregunta fue como una lanza en contra de Crispina que todos, menos África, esperaban. La gravedad que la religiosa había ido llevando al clímax no se correspondía con nada de lo que decía. Se mantenía sin explicarse. Pero para África, aquello parecía ser normal.

—Tus ideas, Encarnación, sobre cuestionarlo todo. Estoy segura de que el asesino piensa así, como tú. Una cosa así nunca había pasado aquí. Ha matado a una vendedora de jamones. Y tú, en uno de tus «seminarios», has promovido los movimientos veganos extremistas, hablando de animales sintientes y no sé qué más cuentos. ¿Es que no ven que una identidad radical es aquella que siempre busca un argumento, una justificación para destruir? Y tú se lo has dado. Has despertado a un alma enferma. Si es que esa alma pertenece a alguien desconocido, o por el contrario, el mismo asesino se encuentra sentado en esta mesa.

—¿Estás culpándome? —preguntó Encarnación.

—No creo que te esté culpando a ti, Encarna. Me culpa a mí —dijo el alcalde.

—Venga ya, Crispina… No lances acusaciones tan graves de la nada —intervino Gorka.

Fue cuando Vita se dio cuenta de que tal vez la cabeza de Crispina no funcionaba muy bien, pero a diferencia de Jennifer Mayo, esta mujer se anidaba en la bondad que se relacionaba con su papel en la comunidad, y sería más difícil desenmascararla. Como si fuese normal que «la hermana Crispina lanzase acusaciones porque era alguien conocida y querida en la comunidad, alguien a quien le perdonarían todo».

«¿Y si la propia Crispina Fuentes había asesinado a Helena Mayo como parte de un plan para acallar las nuevas voces que habían traspasado el corazón de la ciudad amurallada, para culpar a otros?».

«¿Y si quería pasar a la historia como la salvadora de Ávila, de una forma retorcida, cometiendo un asesinato y luego culpando a otros?», siguió preguntándose Vita.

Había sido el propio Maurice Scott quien había dicho que un gran defensor a menudo terminaba convirtiéndose en un gran asesino. Ella recordó sus palabras en ese momento.

21

DE REPENTE, Vita concibió a Crispina como una mujer más vieja. Sí que irradiaba vitalidad, y por ello, podría haberle atribuido menos años de los que en verdad tenía.

Buscó mirar sus manos. Ellas no suelen mentir en cuanto a las arrugas. Le parecieron muy delicadas, y los dedos eran sumamente delgados, como si no le correspondieran al fornido cuerpo de la religiosa.

—Está bien. Puede que me haya dejado llevar. Pido disculpas. Pero es que esos mensajes no son positivos. Y nadie me saca de la cabeza que el asesino los comparte, y puede que hasta sea un chico descarriado que haya llenado su cerebro de turbaciones, de cosas malignas... —se justificó Crispina.

La moderación que de súbito asomaba no convenció a Vita. Lo vio como una estrategia de la religiosa al darse cuenta de que tenía muy poco en contra del alcalde o de Encarnación Cotta.

—¿Cómo murió Helena? —preguntó Encarnación a

Gorka.

—Producto de un ataque con un arma blanca que no hemos encontrado —respondió él.

La hermana Crispina hizo la señal de la cruz.

—¿Cuándo entregarán su cuerpo? Jennifer querrá enterrarla… —agregó África.

A Vita le pareció que, hasta ese entonces, aquel había sido el único comentario amable y considerado. La hermana África era la única que había tomado en cuenta a alguien más, a quien iba a afectarle mucho la muerte de su hermana, a Jennifer Mayo. Esa breve pero vital consideración le había devuelto algo de confianza en la humanidad a Vita. Al menos, en la humanidad presente en esa mesa, mayoritariamente dedicada a las cosas de Dios y de la política. Incluso Encarnación Cotta parecía movida por temas religiosos. Si no, no conduciría el Centro de Estudios de la Mística y tal vez ni siquiera se hubiese ido a vivir allí para dar la pelea a alguien como Crispina, que encarnaba la versión tradicional de las cosas. Pero ni unos ni otros habían hablado del dolor de alguien de carne y hueso, la hermana de la mujer muerta. Vita se dijo que los extremos en las ideas podrían quizás compartir casi siempre el desapego a las personas, por considerarlas insignificantes.

—¿La conoces? ¿A Jennifer Mayo? —preguntó Vita a África.

—Sí. Es una buena persona, pero no es feliz. Algunas veces voy a visitarla. La última vez me dio algunos recuerdos y regalos. Es muy bondadosa, con una bondad natural, espontanea —respondió la chica con simpleza y pesar.

Isabel Martiherrero se quedó mirando a la joven con curiosidad. Algo la había interesado. Tal vez el comentario sobre la felicidad. Vita lo notó. Cuando Isabel se vio descubierta en su interés, desvió la mirada hacia Mateo. Él también miraba a África.

—Quisiera pedirles que ahora, en estos días, hagamos una tregua. Vienen las celebraciones de la Semana Mayor. Todo está dispuesto. He hablado con el padre Benjamín, y al menos por ahora necesitamos recobrar la calma. Olvidar este horrendo suceso —pidió Crispina.

Ahora parecía otra persona, negociando con los que hacía minutos había acusado de asesinos.

—¿Qué propones exactamente? —preguntó Mateo.

—Que por ahora suspendan esos cursos de misticismo y otras cosas, al menos hasta que atrapen al culpable. Aunque la relatividad de las cosas no es una idea de mi agrado, porque creo que muchas veces esconde comodidades y sinvergüencerías, soy capaz de posponer el enfrentamiento contigo, Encarnación. Más que contigo, con tus ideas, y también con las suyas, alcalde, que aunque las muestra menos, sé que están allí, ocultas.

—¿No ves que el culpable ha sido Enrico? ¿Por qué no quieres aceptarlo? Helena iba a dejarlo, y le tenía mucho miedo. Ella me lo dijo hace unos días —manifestó Encarnación Cotta en voz muy alta.

Sus palabras resonaron entre las paredes de piedra.

Turrón ladró y se acercó al umbral de la puerta. No dejaba de gruñir y de mirar a la mujer que le había levantado la voz a su dueña.

22

—Tranquilo, Turrón. No pasa nada. Vete a tu lugar. Ve —dijo Crispina al animal.

Este le obedeció y desapareció.

—¿Qué te dijo exactamente? —preguntó Vita. Aunque sabía que aquel no era el lugar indicado para entrevistar a Encarnación, necesitaba conocer la respuesta. Tenía que contar con algo más para pedirle a Maurice que la dejara en el caso.

—Lo mejor será que nos lo cuentes más adelante, a nosotros —intervino Gorka.

«¿De qué vas, Eva Bell? Que ella no puede hablar de esto delante de todos estos», se dijo Gorka y envió una mirada reprobatoria a Vita.

—Si Encarnación no tiene inconveniente, suspenderá por unos días sus actividades. Tengo entendido que has diseñado un curso sobre el misticismo de santa Teresa y te has traído a profesores de la ciudad de Salamanca.

Uno de ellos abiertamente ateo. Eso no ha gustado a algunas personas, mucho menos a las congregaciones que hacen vida en nuestra ciudad. Tal vez Crispina tenga razón en eso de detenerte solo por un momento. Además, decretaremos tres días de duelo. Y nombraremos a Helena en todos los oficios. Hay que recobrar la cordura. ¿No lo crees, Encarna? —preguntó Mateo Calas.

—¿Qué tienen que ver mis cursos sobre Teresa de Ávila con el asesinato de Helena? —preguntó Encarnación. Parecía en verdad extrañada.

El alcalde había visto el cuerpo y sabía lo que tenía que ver. Eso se dijo Vita. No faltaría mucho para que los medios dieran la noticia de la posición del cadáver de Helena, de la pintura sobre su piel y sus ropas.

—Es que algo en la escena del crimen ha recordado a santa Teresa —dijo África, como hablando consigo misma, con voz queda.

—¿De dónde sacas eso, querida? —preguntó Crispina.

—No lo he dicho yo. El señor alcalde ha establecido la relación entre una cosa y otra. Pero por ahora, tal vez las autoridades no desean que la opinión pública lo sepa. Y eso me lleva a pensar que debe ser algo atroz —apuntó África.

Todos se quedaron en silencio, mirándola.

—¿Es usted experta en la vida de santa Teresa? —preguntó Vita a la religiosa.

—Oh…, no. No soy experta en nada —respondió la chica.

Pero para Vita, esa religiosa era mucho más de lo que mostraba. Era, al menos, una mujer con una mente brillante.

23

EL ALCALDE FUE el primero en levantarse. Luego lo hizo Isabel, su asistente.

Se despidieron y se fueron. Crispina los acompañó a la puerta que conducía a la calle. África pidió permiso, retiró la bandeja y se fue. Turrón la esperó junto a la puerta y luego la siguió.

Quedaron en la habitación Vita, Gorka y Encarnación.

—Ahora sí, Encarna. Dinos qué fue lo que te dijo Helena Mayo sobre Enrico, por favor —pidió Gorka.

—Todo comenzó hace un mes. Se le veía nerviosa. Me visitó en el centro. Siempre lo hacía. Los jueves. Se interesaba por nuestros ciclos de formación. Me di cuenta de que miraba con insistencia a la puerta y le pregunté por qué lo hacía.

—¿Entonces?

—Pues me preguntó si yo creía que una buena persona podría a la vez ser un asesino. Le dije que todo dependía de las circunstancias. Entonces, me dijo que temía por Enrico. Luego sonrió, con esa sonrisa especial que tenía, y sacudió la cabeza un poco. Ella solía hacer eso, y pasó a uno de los salones.

—¿Eso fue todo? —preguntó Gorka, defraudado.

Vita, en cambio, parecía complacida.

—¿Con esas palabras exactas? —insistió Vita.

—Con esas palabras exactas. Eso fue todo lo que dijo —respondió Encarnación.

Luego los miró a ambos. Pareció tomar una decisión.

—Me voy de este lugar. No sea que me echen de peor manera. Ya no está Mateo, que es el encantador de serpientes. Incluso ha encantado a Crispina, que ya es decir bastante. Ha colado sus deseos. Tendré que reorganizar mis actividades. ¡Y es que no puedo creer que el asesinato de Helena tenga que ver con la santa! Enrico no es un hombre religioso. Enrico no es nada. Solo un asesino machista, sin más —culminó.

Se levantó y se fue.

—¡Vaya tela! —comentó Gorka—. Vámonos al Departamento. Debemos actualizar a Bonilla. Y para eso me dirás quién demonios es Sanchia Paz —completó el detective.

Acto seguido, se levantó y Vita también lo hizo.

—Además, debemos mirar lo de la constancia, si es que eso es verdad —agregó Gorka, recordando lo que había dicho la hermana África sobre las letras subrayadas.

De camino a la ciudad amurallada, Vita le contó lo que sabía de Sanchia Paz. Le habló de Fabián Vejar y de su papel en su tratamiento como psiquiatra. Le contó también cómo había sido el encuentro con Maurice Scott en el bar.

Había decidido confiar en Gorka Lavín. Tenía el detective tantas ganas de atrapar al asesino de Helena Mayo que difícilmente podría ser él. Y para Vita, resultaba entonces el único en ese lugar en el que podía confiar. Solo en él, en Maurice y en Axel, su chofer. De resto, cualquier persona que haya estado en la ciudad amurallada la noche pasada podría ser el asesino, cualquiera de los que habían estado en esa mesa..., pero no Enrico Campomanes. Él tampoco.

Le hizo saber la exclusión como sospechoso de Campomanes a Gorka cuando pasaban debajo del arco de la muralla, el de la Puerta de Adaja. Tomaron el mismo camino que usaron antes junto con Crispina Fuentes.

—¿Por qué descartas al marido? —preguntó Gorka Lavín. Era una de las interrogantes que se planteaba.

—Por las palabras que le dijo Helena a tu amiga Encarnación. Le dijo que temía por Enrico, no que temía a Enrico. «Entonces, me dijo que temía por Enrico». Eso fue lo que recordó Encarnación Cotta. ¿Lo ves? Helena tenía miedo. Esa es la verdad. Y temía a alguien que había matado a otra persona, y que parecía una buena persona. ¿Lo entiendes? Estaba vinculada al asesino y al final se dio cuenta de que podría ser alguien peligroso. Eso la asustó mucho.

Gorka se quedó mirando a Vita, preocupado. Por primera vez se planteaba que había un asesino en la ciudad. Uno que había sabido disfrazarse. Un lobo con piel de cordero.

Ninguno de los dos notó las amenazantes nubes grises que se aproximaban.

Sin embargo, aunque nadie sabía lo que el asesino sería capaz de hacer, todos en la ciudad amurallada eran conscientes de que corrían peligro. La atmósfera de desconfianza apenas empezaba a crecer.

«LAS MÁSCARAS SUELEN CAERSE por los detalles», pensaba el asesino. Había que tener mucho cuidado. No le gustaba la psiquiatra. Era una mujer observadora.

Recordó un personaje de Flaubert, acerca de una idea que ocultaba lo que realmente sucedía. ¿O no era Flaubert? Con todo lo que estaba sucediendo, hasta lo que sabía y simulaba no saber se le estaba nublando.

PARTE III

1

GORKA RECIBIÓ UNA LLAMADA. Era el jefe Bonilla. Su rostro cambió. En ese momento, Vita también recibió una llamada. Era de Maurice Scott.

Ella se detuvo en seco. Solo escuchaba las palabras de Scott. Gorka se hallaba a unos pocos pasos de distancia de ella. Se había detenido también, pero momentos después.

Caminaban varias personas por su lado. Vita reparó en una de ellas. Vestía de negro y llevaba una identificación de prensa. Parecía complacida, emocionada.

Luego su mirada se centró en una edificación que estaba a pocos metros y que tenía un ascensor de paredes de cristal. Aquel artefacto le pareció como fuera de «contexto», desubicado, en Ávila. De repente recordó París, al Louvre con su acristalada pirámide y la primera vez que fue de la mano de la tía Elena, tan encantadora. El plan de asesinar a la mujer de la *rue* Poliveau ahora le resultaba distante, casi como si lo hubiese tramado centurias atrás y ya lo hubiese desechado, o como si a quien se le ocurrió hubiese sido otra persona y no ella. Vita era la del Louvre, la belleza, la vida, la pretensión de curar a los pacientes o al menos ayudarles a seguir con sus vidas de la mejor manera posible. No una asesina.

Maurice terminaba de hablar. Se despidió. Gorka también había culminado su llamada y se dirigió a ella:

—Cambio de planes. Las cosas están movidas. Se hará cargo la Dirección de Homicidios de la capital. Por alguna razón, creen que son mejores que nosotros. ¡Hay que ver! Allí adentro he pedido a los chicos que busquen el famoso libro que Campillo mencionó, el que Helena supuestamente miraba. No han hallado nada. En un cajón había un libro de cuentas, de tapa negra. Nada más. Puede que hayan sido ideas de Campillo.

Hizo un pausa y luego continuó.

—Es mejor que te vayas al hotel y me esperes allí unas dos horas. Eso me dará tiempo de enterarme mejor cuál será nuestro papel.

Vita sabía que la palabra «nuestro» no era la adecuada en aquella oración. Gorka quería conocer cómo quedaba «él» en el cuadro de investigación, no los dos.

—Lo sé. Maurice Scott me ha llamado. Haré lo que sugieres. Pero te adelanto; creo que yo seré algo muy parecido a un jarrón chino. No me han enviado lejos aún porque Scott se ha empeñado en que no lo hagan. Así que podré quedarme por aquí y tendré el apoyo de las autoridades para conversar con algunas personas, pero nada más —aclaró Vita.

No quiso decirlo, pero se prefiguraba cuál sería el

papel del joven y ambicioso Gorka. Ser su ataché, quien debía llevarla a todos lados y además vigilarla, y luego contarle todo al jefe Bonilla. Ahora los «importantes» serían los investigadores criminales que llegarían de Madrid.

—Entiendo que quieran enviar gente de afuera de la ciudad. Esto es muy gordo. Nunca había pasado en el país una muerte así, en el cine puede ser, pero no en la realidad... —se explicó Gorka, intentando acallar la voz que dentro de él le anunciaba que ya no pintaría nada en el caso.

En ese momento, sus ojos se tornaron más claros, casi amarillos. A Vita le recordó, de repente, a una serpiente de un cuento infantil que era de sus preferidos cuando era niña. Ese y uno en el que había un gato color naranja.

Pensó que a Gorka Lavín le faltaban aún muchos tropiezos antes de llegar a ocupar el cargo que aspiraba.

—¿Por qué enviarle esa carta a la hermana Crispina? No lo entiendo —dijo el detective.

—No lo sé. Parece una acusación. Podría serlo. Una amenaza. Aunque también podría ser una ofrenda. La demostración de que lo que se está haciendo es una especie de sacrificio en la ciudad para dejar claro que la verdad la tiene ella, lo que Crispina Fuentes encarna, la religión y la moral sin cambios. Puede ser una cosa o la otra. A favor o en contra de ella —conjeturó Vita.

Gorka movió la cabeza levemente. Pensaba en lo que Vita había expuesto.

—No sé. Y África comenzó a recitar el verso de santa Teresa. Conozco a esa chica. Vivía cerca de casa.

Siempre lo hace cuando algo la asusta, la sorprende. Cuando teme un peligro. ¿Crees que ellas estén en peligro?

—No lo sé. Cuando algo la sorprende… —repitió Vita.

Luego se despidió de Gorka y lo vio irse caminando a pasos apurados. Miró en el móvil su ubicación y dónde se hallaba el hotel. Resultó encontrarse a escasos doscientos metros. Tomó la calle que la conducía a él.

Tenía la sensación de encontrarse en el ojo del huracán. Lo que había dicho Gorka Lavín era cierto, nunca había pasado nada igual en Castilla y León, ni en España. Una mujer de la comunidad asesinada y expuesta de esa forma, asemejando en la escena del crimen a una santa de las más importantes, con jirones de jamón en la cabeza, y un mensaje a una religiosa en un papel ensangrentado. No tenía dudas de que la sangre era de Helena Mayo.

«¿Por qué?», pensó Vita.

¿Y qué diablos significaba la frase «la constancia»?

2

A LOS POCOS minutos Vita llegó al hotel. Notó que el *lobby*, que antes había sido silencioso, ahora albergaba a varias personas que hablaban y murmuraban. Iba a subir por la escalera porque el ascensor tardaba en llegar. Pero alguien la detuvo.

—Usted estaba con el agente policial, ¿verdad? Soy Feliciana Capón. Nos vimos en el hotel. Le he preguntado a Michelle Campillo su nombre. Me he quedado de una pieza. ¿Es usted la doctora Eva Bell? ¿Qué está haciendo aquí? ¿Es que el asesinato de Helena Mayo tiene que ver con un caso del pasado? ¿Es verdad que la ha traído el CNI?

—Soy Eva Bell, en efecto. Este caso no tiene que ver con ningún otro, que yo sepa. Estoy aquí por motivos profesionales que no puedo discutir con usted —respondió Vita. No quería dar información a la periodista, pero necesitaba conocer si era verdad que había mantenido una discusión con Helena. Aprovecharía esa oportunidad.

Se hallaban muy cerca de las escaleras.

—Hago periodismo de investigación. ¿Podría contactarla para que brindara su perspectiva de lo que pasó aquí? —preguntó la joven.

—¿Es cierto que discutiste con Helena el día de su muerte? —preguntó Vita en un golpe de revés.

La chica no podía creerlo.

—Solo porque ella no permitía que entrevistara a su hermana… —respondió, cautelosa—. Y no fue una discusión en sí. Solo le comenté la idea de mi documental y ella se negó rotundamente. Eso fue todo. Y fue a eso de las dos de la tarde. Ya me han preguntado los policías. Lo cual me hace pensar que su papel aquí no es importante. Si no, estaría enterada —afirmó Feliciana.

Parecía haber recobrado la seguridad en sí misma.

—Además, esa mujer era influenciable. Nada confiable. De esas personas que viven la vida como gobernada por alguien más. Solo con verla, uno se daba cuenta de su debilidad.

Giró en redondo y se fue.

Vita comenzó a subir las escaleras, pensando en Feliciana Capón. Era posible que dijera la verdad. Si Helena estaba descompuesta, atemorizada o triste, como fuera, el hecho de que le recordaran a su hermana, el que quisieran abordarla y exponerla, debió activar un tema sensible en su psiquis. El tema de la culpa. Ella había descuidado a su hermana enferma, su medicación. No desearía que eso se supiera. Tampoco desearía recordarlo para sí misma. Un mecanismo de defensa común era la represión, esquivar pensamientos que traen ansiedad o angustia. El que Feliciana Capón le hablara de Jennifer, Helena lo tomaría como un ataque. Todo era consistente. También tenía sentido esa supuesta debilidad que la chica atribuía a Helena. No estaba en su mejor momento.

Recordó que la Helena imaginaria con la que «habló» en la plaza le dijo la distinción entre debilidad y fragilidad. La primera era superficialidad. Sonrió. No sabía de qué recóndito lugar de su mente sacaba las palabras que ponía en boca de sus personajes imaginarios. Suponía que de todas las horas que había pasado escuchando a sus pacientes.

Llegó a la habitación.

De repente, un cansancio repentino la invadió. Quería tomar un baño en la bañera. Relajarse y pensar.

Se dio cuenta de que habían dejado unas flores en un jarrón sobre la mesa del escritorio. Eran rojas. Pensó que era política del hotel ese tipo de detalles. Se desvistió y preparó el baño.

Mientras esperaba que la bañera estuviera como quería, miró la sala de baño con más detalle. Le resultó gracioso que hubiese una fotografía en blanco y negro enmarcada de Robert Redford y de Paul Newman.

Podía verse a los actores luciendo una portentosa belleza, cada uno a su estilo. Llevaban sombreros. Parecían pistoleros. No sabía a qué película correspondía la imagen, pero sí que le llamaba la atención que aquella fotografía estuviese allí, en la sala de baño.

Sonrió. Se dijo que tal vez alguno de ellos visitara Ávila. Así como lo hizo Orson Welles. Era una ciudad singular, diferente. Se distrajo a tal punto que la bañera casi rebosaba. Tomó el tapón y lo levantó. Esperó que corriera un poco el agua para poder entrar.

Luego de hacerlo, se acostó y recostó la cabeza en el borde. El agua caliente le hacía bien. Cerró los ojos. Comenzó a pensar en Helena Mayo, en su hermana. Ahora no albergaba muchas esperanzas de que alguien le dijera cuánto tiempo llevaba el macetero que sacó de la casa de Jennifer Mayo sin ser regado. Conocer eso pudo haber contribuido a hacerse una idea del lapso de tiempo en que Helena había estado descentrada y, para algunos, atemorizada.

«¿A qué temía Helena Mayo? ¿A lo mismo que al principio le encantó o le descentró? ¿O desde el principio siempre fue algo atemorizante lo que hizo que descuidara un poco la atención que brindaba a su hermana?», se preguntó Vita.

Por otro lado, la situación había cambiado. Ahora el crimen era de interés nacional, y mientras más personas estuviesen implicadas en esclarecerlo, menos importancia le darían a su presencia allí. Para la doctora Bell, resultaba de interés muy personal. Quería descubrir lo que había pasado, comprender el «sentido» de aquel asesinato. Si estaba asociado al de Sanchia Paz, necesitaba saber por qué alguien mataría en Madrid más de diez años atrás y ahora volvía a hacerlo, esta vez en Ávila.

«Las dos eran amables». «Las dos trabajaban con tejidos muertos…», pensó.

«Hay algo que se me escapa».

«Tengo que pensar en lo que me han dicho».

«En las palabras textuales».

Vita cerró los ojos y casi se quedó dormida. Pero entonces tuvo la impresión de que algo se movía en la sala de baño.

3

Tras la ventana podía verse un pájaro. No se quedó mucho tiempo allí, apenas unos segundos, pero lo suficiente para que Vita saliera del estado de somnolencia que la había atacado. Miró a la foto de Redford y Newman. Entonces, a través del reflejo del cristal de la fotografía, pudo ver un rostro, una figura. Alguien la miraba desde el umbral de la puerta.

Era Sanchia Paz.

—¿Cómo es posible que no te acuerdes nada de lo que Fabián te dijo sobre mí? Tienes la verdad ante tus ojos. Has dado las cosas por hechos y has olvidado algo central en mí —le dijo, pero sin mover los labios.

La imagen desapareció de inmediato.

«Es cierto. ¿Cómo es posible? Tengo que hacer memoria», se reclamó.

Salió de la bañera, se envolvió en el albornoz y caminó hasta la habitación. Allí se sentó en la cama a pensar.

«¿Quién podría haberle dado un libro de asuntos espirituales a Sanchia?».

«¿Era el mismo libro que Helena había escondido según Michelle Campillo?».

«Si era así, si ambas mujeres habían sido tocadas por un converso, tal como había dicho Vejar, ¿dónde estaba el libro de Helena? ¿Quién lo había tomado? ¿El asesino santero, el converso?».

A ciencia cierta, Vita no sabía si el libro trataba asuntos espirituales, pero sí recordaba que, para Fabián Vejar, Sanchia estaba recibiendo una influencia distinta de alguien. Había cambiado.

«¿Qué cosa te hace cambiar…?», se preguntó.

«Para Enrico Campomanes, Helena había formado parte de una comunidad de la nueva mística, una comunidad de dos…».

Después pensó en que las personas no cambian solo por leer cosas nuevas, que eso puede ser parte del cambio que ya ha sido iniciado. Pero las personas sí pueden cambiar por conocer a alguien diferente, especial. Eso se dijo. Comenzó a dolerle la cabeza. Eran muchas interrogantes y nada de dónde tirar.

El sonido del teléfono la sorprendió. Se trataba del aparato en la habitación. Se extrañó. Nadie sabía que ella se encontraba en ese hotel. Hacía mucho tiempo que nadie sabía ni quería saber dónde estaba. Se dijo que debía ser Maurice o Gorka, pero era extraño que no llamaran al móvil. Entonces, pensó que era alguna información de la recepción del hotel, alguna consulta de satisfacción al cliente.

Se levantó y tomó el aparato. Reconoció la voz al

otro lado. Resultaba incomprensible que esa persona quisiera hablarle.

«A menos que fuera el asesino, y tuviese miedo de que ella lo descubriera».

Como dijo la hermana Crispina, desde fuera podía comprenderse las cosas mejor, a veces…

4

Había pedido a quien deseaba hablarle cinco minutos para alistarse.

Ahora esa persona tocaba a la puerta.

—Buenas tardes ya… El tiempo hoy ha corrido veloz —dijo el alcalde.

—Podremos hablar en la terraza —le contestó Vita, haciéndole un gesto para que pasara y se apartó. La habitación contaba con una terraza privada cuyas vistas mostraban una parte muy próxima de la muralla.

Una vez adentro, lo condujo a la puerta por la cual saldrían.

Se sentaron en torno a una mesa de jardín.

—Le parecerá extraño que esté aquí. No le haré perder mucho tiempo.

«Intentas parecer empático, tal vez en demasía», se dijo Vita.

—Es usted el alcalde de una ciudad que además atraviesa por un mal momento. Aquí el ocupado es usted —respondió Vita.

De repente, recordó a Isabel Martiherrero, su eterna acompañante. ¿Dónde estaría en ese momento? ¿En el *lobby*, esperándole? Ya ella había visto algo parecido en su consultorio, personas que lo daban todo por estar en la compañía de alguien deseado y que podían asumir el costo de saber que sus sentimientos no eran correspondidos. Solía pasar alrededor de personas poderosas y encantadoras.

—Ha dejado a su asistente fuera de esta conversación. Eso me hace presumir que no desea que nadie se entere de lo que me dirá, ni siquiera ella —sugirió Vita.

—Sí. Es verdad. Isabel menos que nadie. El hecho es que me he enterado de que hay un antecedente relacionado con la muerte de Helena. Y creo que, en parte, por eso está usted aquí. El antecedente se llama Sanchia Paz, y he pensado que lo mejor será que le cuente algo antes de que se entere de otra manera.

«Ahora me intentas hacer creer que te importa mucho mi opinión», pensó Vita.

—El hecho es que sostuve una relación de pareja con Sanchia Paz. Fue una relación corta e intensa, buena para los dos… En realidad, la conocí brevemente antes, en el 2004, pero luego la volví a ver…

—¿Por qué dice que cree que, en parte, por eso estoy yo aquí? ¿Qué me conectaría a mí con Sanchia Paz? —preguntó Vita.

—Sé quién es usted. Quiero decir, sé cuál era su trabajo. Supongo que tuvo que ver con el forense que participó en la investigación del asesinato de Sanchia. Tal vez alguien sin que usted lo sepa está tratando de vincularme a lo que le pasó a Helena. La arena política es terrible. No puede ni imaginarlo. Cuando logran colar una mentira sobre ti, el daño ya está hecho, aunque luego se descubra que no tienes nada que ver. A nadie le importa la verdad.

—¿Cómo harían para vincularlo con el asesinato de Sanchia si, como dice, la relación fue positiva para ambos? ¿O es que usted conoce algún secreto de Sanchia que teme que salga a la luz y que lo afecta? —preguntó Vita. Su voz no denotaba emoción alguna, era neutra, invitaba a la conversación. Parecía haberse convertido otra vez en terapeuta.

—Ella era una mujer excepcional, sensible, inteligente. Además era hermosa. Pero es verdad que, de repente, me pareció que cambió. Como si la mujer que yo reconocí aquella tarde en una celebración no hubiese sido la misma un mes después. Sé que es difícil de creer…

—¿Que alguien cambie diametralmente de repente? Sí lo es. A menos que sucedan eventos inesperados, muertes, accidentes —reconoció Vita.

—Pero allí está la rareza. A Sanchia no le pasó nada de eso. Todo iba bien en su vida. Fue como si de pronto alguien la influyera de una manera avasallante. Pero cuando eso pasa, adentro se lleva el germen. Quiero decir que existen razones previas que hacen que uno abra las puertas a la novedad. Bueno, usted sabe de estas cosas psicológicas mucho más que yo… Solo digo que todos albergamos un germen oculto, aunque en cada uno pueda ser diferente. Creo que tiene que ver con los deseos no satisfechos.

Vita pensaba que era la segunda vez que alguien decía que Sanchia Paz estaba bajo una especie de influencia.

Entonces, se le ocurrió una idea que no había pensado antes.

5

—¿Tuvo usted algo que ver con Helena Mayo? ¿Su relación era personal, íntima? —preguntó.

El alcalde sonrió de forma irónica.

—Sé que esto será un error, pero suelo hacerle caso a mi intuición. Se lo diré. Nadie lo sabe. Solo Isabel. Helena y yo tuvimos encuentros algunas veces. En Madrid. Teníamos cosas en común, el lugar donde crecimos, por ejemplo. Y era una mujer moderna que sabía respetar la libertad.

—Entonces, se da cuenta de que dos mujeres con las que tuvo relaciones cercanas, sexuales, ahora están muertas, asesinadas. Usted mismo ha establecido una relación entre la muerte de Sanchia Paz y la de Helena Mayo. Es decir que sabe a lo que me refiero.

—Sí. Que la relación soy yo —respondió el alcalde con simpleza, y a la vez con mucha potencia.

De repente, le pareció más joven. Era un hombre hermoso. Más que los actores famosos en la sala de baño.

Vestía de blanco, con una camisa que se adhería a su cuerpo como si fuese su propia piel. Se podían notar los músculos de sus brazos y su abdomen plano. Vita comprendió a Helena, a Sanchia, a Isabel. Era un hombre inteligente y ellas también eran inteligentes. La belleza y la inteligencia juntas en alguien pueden hacerlo sumamente seductor.

—¿Qué piensa, Eva? —preguntó él. Parecía genuinamente interesado.

—Que hay dos posibilidades. O usted asesinó a Sanchia y a Helena. O alguien cercano a usted le ha puesto una trampa. Y desea destruirlo. La obsesión por destruir puede ser más ciega y feroz que la de crear.

Vita se escuchó a sí misma decir eso, escuchó su voz como si emitiera el diagnóstico de su caso personal. Ella se había convertido en un ser obsesionado con el odio, en uno que parodiaba la felicidad de los demás tal como la muerte en el cuadro del Prado. Y solo le causaba placer pensar en la cacería de la mujer que lo había iniciado todo, que había dado curso a su metamorfosis, a su deterioro.

Pero a la vez, sabía que antes había sido otra cosa. Una que disfrutaba cuando lograba que sus pacientes superaran obstáculos. Una capaz de crear.

—Como sé que no soy un asesino, para mí el camino es más fácil. Solo queda la segunda opción que has dicho, Eva. Muchas personas estarían interesadas en ponerme trampas. La lista es larga.

Hizo una pausa, como si pensara en alguien en particular.

—Lo que has dicho de las obsesiones es muy cierto.

Siempre ha sido así en la humanidad. Algunos sobre todo se mueven por Tánatos y otros por Eros. Solo quienes se mueven por Eros viven vidas que valen la pena — concluyó Mateo.

Vita se dio cuenta de que ya su actitud ante el alcalde había cambiado. Cuando inició la conversación, se hablaba a sí misma sobre sus intenciones, lo leía como alguien en quien desconfiar. Ahora algo había cambiado. Le parecía cercano, sincero, atrayente.

«¿Cómo había podido cambiar todo en unos minutos?», se preguntó.

Aquello había sido como un accidente inesperado.

6

—¿Fue usted sospechoso de la muerte de Sanchia? —le preguntó Vita.

—No lo creo. Me habló un teniente de la Policía. Le conté dónde había estado. Me encontraba fuera de Madrid. Pero me pareció que han podido investigar más. De hecho, hubiese podido tomar mi coche y llegar a la casa de Sanchia, matarla, y luego volver a Cercedilla. Era allí donde estaba.

—Pero no lo hizo —completó Vita.

—No. No lo hice. ¿Por qué iba yo a asesinar a Sanchia? —respondió él.

—Algunas personas han dicho que Helena se encontraba nerviosa. ¿A usted se lo parecía?

—No. Tal vez distraída. Helena era una mujer muy perspicaz, y eso puede traer preocupaciones extras. Digo que la gente que anda por allí sin darse cuenta de nada es mucho más despreocupada y puede que feliz.

—Desde antes de llegar a Ávila sé que usted tuvo una relación cercana con Sanchia Paz. Y como ha descubierto, es por eso por lo que estoy aquí. Tal como ha dicho, he conocido a los psicólogos forenses que la perfilaron.

—Su trabajo debe ser desolador. Siempre entre tinieblas, sin esperanza. Sin posibilidad de cambiar las cosas —dijo él.

—Puedo cambiar aspectos en mis pacientes —argumentó Vita.

—Sí, pero no puede evitar que los asesinatos sucedan. Usted llega después a intentar organizar de nuevo las piezas dentro de los forenses para que puedan continuar. Lo respeto, pero yo no podría. Creo que hay que centrarse en el futuro, en hacerlo posible. Un futuro mejor, claro está. Uno en el cual no haya personas rotas por lo que hacen otras.

Vita se hizo cargo. Era de la especie «optimista». Una especie cada vez más extraña.

Le gustaba Mateo Cala. Era imposible que no le gustara. Reflejaba magnetismo, autenticidad. Era un sujeto por el que se podía perder la cabeza. Además, no había cruzado muchas palabras con él y ya tenía la sensación de que podría conducir los planes de las personas a su alrededor sin mucho esfuerzo, sin que se dieran cuenta. En realidad, alguien resentido podría estarle haciendo mal.

—Dígame con sinceridad qué piensa de todo esto. ¿Quién cree que mató a Helena y por qué dejaron el cadáver de esa manera? —preguntó Vita.

—Yo creo que ha sido su marido. Es un hombre celoso, posesivo. No hay nada peor que la posesión.

Vita recordó de repente la imagen de la madre de Mateo Cala. Una vez, en un periódico, expusieron aspectos de la vida familiar del ahora alcalde. Recordó la expresión de Bernarda Guillamas, rígida, observadora. Pensó que tal vez por eso Mateo hablaba de esa manera de la posesión, de las personas posesivas. También recordó que Maurice había dicho que él era la oveja negra de la familia. Bien pudo Mateo escaparse de las redes de una madre controladora.

—Nuestra relación no era amenazadora para él. De hecho, ya lo habíamos dejado. Solo nos encontramos una vez aquí en Ávila. Como le he dicho, nos conocimos en Madrid. Yo trabajaba en una empresa, ella en otra. Luego nos encontramos por casualidad. Ya yo me había entregado a la política y ella había decidido volver a Ávila.

—¿Ya usted estaba viviendo aquí?

—Puedes tutearme, Eva. Sí. Así es.

En ese momento, pareció darse cuenta de algo que Vita estaba sugiriendo.

—¿Es que cree que Helena volvió a la ciudad porque yo era el alcalde? —preguntó moviendo su cuerpo un tanto hacia adelante.

Vita miró sus brazos y sus manos. Estas eran grandes, y pudo notar algunos de los vasos sanguíneos tras su piel. Eran ligeramente abultados.

—Es posible. De hecho… no sé si es importante. Pero me pareció que no estuvo muy a gusto cuando le dije que quería dedicarme por completo a mi carrera política y que no tenía espacio en ese momento para establecer una relación de pareja como la que me hubiese gustado tener más adelante. ¿Qué es lo que piensas, Eva? —le preguntó porque la vio pensativa....

7

—Yo CREO que es posible que Helena Mayo estuviese enamorada de ti y que Enrico, al estar aquí, haya sido parte de cómo quería recomponer su vida, pero no era lo que deseaba en realidad. Algunas personas vuelven a los amores de juventud como una manera de consuelo por no obtener lo que quieren, o no saber alcanzarlo —razonó Vita.

Estaba siendo sincera. Eso era lo que creía. Aunque Enrico Campomanes era un hombre atrayente a su estilo, era muy diferente a Mateo Cala.

—¿Estás pensando que Isabel es una asesina, verdad? —preguntó Mateo.

A Vita le sorprendió la interrogante tan directa.

—Creo que los celos pueden ser muy destructores. Nublan la razón. Esa es una verdad tan antigua como el mar. Y no es necesario ser psiquiatra para darse cuenta de que Isabel Martiherrero está loca por ti —dijo.

—Sí. ¿Pero por qué de esa forma? ¿Por qué compararla con santa Teresa? Esa pintura gris, los jirones de jamón en el pelo… No tiene sentido. Es como si el asesino quisiera decirnos muchas cosas. Como si su misión fuese otra, y no un asunto pasional —argumentó Mateo.

—Eso es cierto. Hay una simbología detrás. La matanza animal, asuntos religiosos. Pero esto bien podría ser un disfraz. Son temas polémicos, que al final enfrentan las nuevas ideas a la tradición. Unas y otras siempre tendrán detractores y defensores. Es lo que pasa en este país con la tauromaquia, por ejemplo. Así que no se me ocurre un mejor disfraz para un crimen por razones personales, pasionales, que vestirlo de contenidos y símbolos que nos confundirán, que darán de qué hablar. Ahora mismo este lugar se está convirtiendo en el centro de la atención del país por lo que pasó —explicó Vita.

Todo lo que decía eran ideas nuevas. A medida que iba reflexionando, iba hablando. Nada de eso lo había pensado antes.

—¿Ya conocía a Isabel cuando Sanchia Paz fue asesinada? —le preguntó a Mateo.

Sabía que bajo este nuevo razonamiento quedaba fuera el asunto de la influencia de alguien sobre Sanchia que había detectado Vejar. También lo que había dicho Encarnación sobre el estado de Helena. Bajo esta nueva óptica, nada de eso sería relevante. Pero es que tal vez era un error creer a pies juntillas que ambas mujeres estaban bajo una influencia extraña. La gente después de los sucesos podía creer cosas irreales solo para explicarse en parte lo sucedido. Lo había visto antes, las declaraciones de que las víctimas tenían conductas extrañas cuando en realidad no era así.

—No. No conocía a Isabel en ese momento —confesó Mateo.

—¿Y a otra persona que pudiera pretender poseerlo? —preguntó con voz profesional.

Ya para ese momento, Vita se había hecho a la idea de que Mateo Cala podía ser un sujeto preso de su encanto. Uno que siempre replicaba a su alrededor las mismas pasiones, los mismos deseos en los demás. Si la muerte de Sanchia tuvo que ver con su relación con ella, y aún no conocía a Isabel, pudo tratarse de otra persona quien la asesinara, pero por la misma razón. Tal vez la asesina no era Isabel Martiherrero, sino alguien en la vida de Mateo que siempre había estado allí.

—¿La ciudad amurallada está vigilada por cámaras, verdad? ¿No es posible entrar en ella sin ser detectado? —preguntó Vita de pronto.

—Sí. Así es. Todas las entradas. Me ha parecido una buena forma de procurar la seguridad. Las cámaras son discretas. Muchos no saben siquiera que están. Siempre orientadas a las vías públicas, por supuesto —respondió.

—Así que quien mató a Helena debía ser alguien de aquí, ¿verdad? Supongo que ya usted miró las grabaciones.

—Sí. Las hemos mirado. No hemos visto nada sospechoso, a nadie saliendo después de la muerte de Helena, manchado de sangre ni nada similar. También han pasado el reconocimiento facial con la ayuda de tecnología del CNI. No hay rastros de delincuentes, ni radicales, ni terroristas. Turistas que entran y salen en grupos, los vecinos de la ciudad y los policías. Nada más.

—Entonces, ahora te pregunto. ¿Conoces a alguien viviendo en esta ciudad que ya conocieras cuando tuviste la relación con Sanchia Paz?

—Sí. A Enrico Campomanes. Lo conozco de siempre. Ambos somos de la ciudad, aunque yo me fui hace mucho, a Madrid. Y a mi buena amiga Encarnación Cotta.

Vita recordó a la mujer con apariencia moderna, con ideas rompedoras de tradiciones, con el ímpetu de encarar a alguien influyente como parecía ser la hermana Crispina Fuentes.

—Y a Crispina, por supuesto. Todos conocemos a Crispina desde siempre.

8

—A Jennifer Mayo también. Pero supongo que uno siempre olvida a Jennifer por su problema... —reconoció con algo de vergüenza.

Ahora miró con más detenimiento a Vita. Parecía estarla evaluándola con interés.

La luz del sol disminuyó en ese momento.

Vita también observó a Mateo. Miró sus ojos, luego su manzana de Adán. Era pronunciada.

Mateo Cala estaba descolocado en ese lugar y podía ser que en eso radicara su encanto. Su apariencia física y sus modales podrían encontrarse en otras personas dedicadas a las tablas o al mundo del cine. Allí tendría competidores, hombres tan o más guapos que él. Pero en el mundo normal, lleno de gente normal, el atractivo del alcalde podía ser problemático. Aún más en el mundo de la política. Aunque cada vez más la política se pareciera al teatro. Sin duda, Mateo era como aquel ascensor de cristal que sobresalía en medio de muros medievales.

—Bueno, en general, conozco a mucha gente desde que soy un crío, que aún saludo en las calles. Es decir, son personas que conocía cuando estuve con Sanchia. ¿Por qué me preguntas eso? ¿Es que de verdad no hay ninguna posibilidad de que las dos muertes no estén conectadas? ¿Por qué ese empeño? Yo pude haberlas conocido a las dos, pero eso no significa nada; es una casualidad. A Sanchia la asfixiaron. A Helena la mató su esposo, y en su pequeña mente ideó una mezcla de las cosas que aquí nos ponen a discutir, como la religión o el consumo animal, para despistar… Si no hay nada más que relacione… —dijo y luego calló, comprendió que Vita sabía algo más que no le había contado.

—Sí hay algo más, alcalde. Pero no puedo decírtelo —respondió.

No podía traicionar a Maurice. Había prometido no hablar sobre los delirios de Fabián Vejar y que había vaticinado los nuevos asesinatos que cometería quien mató a Sanchia doce años antes.

Viéndolo bien, cuando Vita recordó a Maurice fue como ver la luz de un faro en medio de una tormenta. Maurice era confiable, un puerto seguro. Mateo era la tempestad.

No sabía por qué se sentía así. Ella no era una adolescente. Pero ese hombre activaba emociones que creía muertas.

Era muy cierto lo que él mismo había dicho. Todos teníamos deseos dentro.

9

—Debo irme, Eva. Ya le he quitado mucho tiempo. Solo quería serle sincero. Ahora me toca enfrentar a la ciudad.

En ese momento, tomó el móvil del bolsillo de su pantalón negro y atendió.

—Ya voy de salida Isa —dijo.

Se levantó y aguardó a que Vita también lo hiciera.

Por un momento estuvieron muy cerca, de pie, de frente.

Ambos desearon acercarse más. Era una locura. Eso pensó Vita. Entre sorpresa y diversión, le pareció algo novedoso sentirse así. Conocía esos impulsos, muchas veces los había descrito a sus pacientes. El deseo incontenible de besar a alguien desconocido. Aunque Mateo Cala no entraba del todo en esa categoría. Incluso había escrito una novela en la cual una mujer besaba a un extraño en un bar. Luego, al día siguiente, aquel extraño era el cadáver que debía analizar en la mesa de patología. Sabía muy bien que esos impulsos parecían poderosos, pero que, de repente, igual que aparecían, se marchaban.

Mateo dio un paso atrás y se despidió de ella.

—Muchas gracias por su tiempo. No es necesario que me acompañe a la puerta —dijo como si recobrara el sentido de pronto.

Él también había experimentado el deseo de besarla. En otra oportunidad hubiese propiciado el contacto, hubiese pedido el permiso con una mirada. Le gustaban las mujeres interesantes, y esa era una de ellas. Su Eros era vigoroso. Pero desechó la idea. Su ciudad estaba metida en un infierno y él debía sacarla de allí.

Vita se quedó de pie, mirando la muralla. Cuando escuchó la puerta cerrarse, una lágrima rodó por su mejilla. Después de todo, estaba viva. Todavía podía experimentar sorpresas. Renard no se lo había llevado todo consigo, ni Eloise. Fue la primera vez que sintió que el pasado podía quedar atrás.

No sabía si Mateo Cala era un asesino. Maurice sí que lo creía. Podía serlo o no serlo. Tal vez, tal como él había dicho, el vaticinio de Vejar había sido una coincidencia. A ella nunca le dijo nada sobre que el asesino de Sanchia volvería a matar. Era posible que Enrico Campomanes hubiese matado a su mujer. Que el escenario de la santa hubiese sido una distracción. También era posible que alguien estuviese asesinando a las mujeres que se enredaban con Mateo, pero Sanchia y Helena no debían haber sido las únicas en todos esos años, se dijo. Estaba segura de que la vida sexual de Mateo Cala era mucho más activa.

Sentía que algo se le escapaba. Dio la vuelta, entró en la habitación y buscó su móvil. Llamó a Maurice Scott.

Era necesario preguntarle algo.

10

—Maurice, ¿cuáles fueron las fuentes exactas de donde sacas que Fabián Vejar creía que el asesino de Sanchia volvería a matar en Ávila? —le preguntó.

—Te lo he contado. Lo decía en el psiquiátrico.

—¿Cuál centro psiquiátrico? —insistió Vita.

—En el Centro Clínico San Juan de la Cruz. Es la sede más pequeña, pero igual de reconocida de la principal, en Asturias. Está en Villacastín. ¿Es que deseas ir allí? —preguntó Maurice—. Si lo haces, infórmame. Axel puede llevarte. Además, es justamente allí donde han atendido a Jennifer Mayo. Una coincidencia. Está a veinte minutos en coche de aquí.

Vita tenía la impresión de que Maurice sabía más de ella de lo que estaría dispuesto a reconocer. La mención a que Axel podría llevarla le hizo ver que Maurice sabía que desde el accidente de Renard y Eloise no había vuelto a conducir. Y eso era lo que quería hacer ahora, conducir hasta el centro psiquiátrico. En soledad siempre había pensado mejor, y su odio a los coches ya no era tan importante.

—Quiero un coche e ir sola. Te informaré si logro descubrir algo importante —respondió ella.

—Está bien. Pediré a Axel que se encargue. A las siete de la mañana tendrás un coche en el *parking* a escasos metros de tu hotel —dijo Maurice.

A la mañana siguiente, Vita salió del hotel cinco minutos antes de esa hora.

Tomó el vehículo que Maurice había dispuesto para ella. Programó la ruta hasta el centro psiquiátrico y comenzó a repasar lo que hasta ahora sabía de Vejar. Tenía muchas cosas en su cabeza, muchas ideas. Se sentía en medio de un banco de niebla, pero esa sensación no le era del todo desagradable, porque la obligaba a buscar una salida. «Siempre que hubiese una intención, había vida». El doctor Llamas, su profesor y también psiquiatra durante su época de estudiante, le había dicho eso una vez, cuando lo conoció. Nunca como en ese momento había confirmado la veracidad de esa afirmación.

¿Quién había matado a Helena? ¿Quién lo hizo era movido por alguna ideología en realidad, o solo por celos? ¿Quién había matado a Sanchia? ¿Qué era lo que sabía Vejar? ¿Cómo pudo saberlo tantos años antes del asesinato de Helena?

Recibió una llamada de Gorka.

—La sangre es de Helena Mayo. La de la carta de Crispina. Mañana es la procesión del Miserere. Con ella inician las actividades de Semana Santa. Esto es un lío.

Todos dando órdenes o rabiosos porque no se cumplen las que intentan establecer. Se ha acordado continuar la procesión con el máximo de efectivos policiales posibles en acción. Por lo de que Helena creía que algo pasaría en la procesión. La postura del alcalde se tomó en cuenta. Dijo que si se suspendía la procesión sería peor. Estaré ocupado con esto…

—No te preocupes, Gorka. Yo también estaré ocupada. Voy camino a un lugar donde Fabián Vejar expuso, en parte, sus delirios. Creerás que se trata de buscar una aguja en un pajar, pero haré el intento. Además, así salgo de la ciudad y del lío.

—Muy bien. ¿Quieres que se lo diga a Bonilla?

Vita pensó que, después de todo, Gorka era buen compañero.

—No creo que le interese. Ya Maurice lo sabe. Dile a tu jefe que he salido de Ávila. Eso lo hará inmensamente feliz —respondió Vita con sarcasmo.

Escuchó la risa de Gorka.

Cortaron la llamada.

Vita miró el paisaje desde la ventanilla. Era colorido, vibrante. Los pastos mostraban un verde brillante, las montañas, colores ocres y verdes, y en el cielo brillaba el celeste. El ganado era negrísimo, y las hojas de los árboles, multicolores. Otros, verde oliva. Todo parecía una pintura del Prado rebosante de vida.

Bajó la ventanilla y respiró el aire. No recordaba la última vez que había pasado por esa carretera. Debió ser muy joven, en algún viaje que terminaría en Salamanca o en León. No lo recordaba.

Sintió ganas de llorar y reír al mismo tiempo. Una

emoción diferente a la rabia la embargaba por fin. Se sintió salvada.

En veinticinco minutos estuvo frente a una reja con figuras de árboles y rosas que se conectaba a un muro de piedras.

Cruzó la puerta del instituto psiquiátrico después de identificarse desde el coche y ante un intercomunicador con cámara.

Entró en un área privada, llena de árboles y caídas de agua. Siguió el sendero de grava que conducía a una instalación blanca que destellaba con amplios cristales azulados que reflejaban la luz del sol a aquella hora del día.

Condujo hasta llegar al área del *parking* frente a la puerta principal de la radiante instalación. Se dio cuenta de que todos los coches allí estacionados pertenecían a la institución. Estaban identificados con rótulos laterales.

Se bajó del vehículo y caminó hacia la puerta.

Hasta ahora no había visto ningún ser humano.

Había estudiado con detenimiento el expediente de

Vejar. Maurice se había hecho con él una hora después de que hablaron la noche anterior. Era agradable contar con Maurice de su parte. Lo conseguía todo. No tan satisfactorio sería tenerlo en contra, se dijo. Era un sujeto de armas tomar.

Fabián Vejar, después del caso de Sanchia Paz, comenzó a disminuir su eficiencia en el trabajo. De hecho, hubo varias llamadas de atención por descuido de pruebas y falta de informes. Luego parecía que le habían procurado una salida relativamente honrosa, pero antes de lo normal. Fue desde que dejó de trabajar que comenzó su franco deterioro, que culminó en lo que diagnosticaron en el Centro Clínico San Juan de la Cruz como un trastorno obsesivo y paranoia grave.

El informe era muy completo. Al final, Vejar padecía alucinaciones y comenzó a creer en ideas religiosas. Hablaba de un «ángel vengador». También los médicos tratantes concluían que Fabián Vejar creía que Sanchia Paz había logrado escapar de la muerte y llegar hasta él, hablar por medio de él.

Vita se detuvo ante la puerta. Inspiró profundo.

De repente, la imagen de aquel hombre tímido ante su consultorio le vino a la mente. La puerta del consultorio entreabierta y ella indicándole a Fabián que pasara, y Eugenia, su asistente, mirándolo de manera fija y extraña.

«¿Por qué Eugenia miraría así a Fabián Vejar?».

Ese recuerdo no era parte de sus juegos de ficciones, de su imaginación. Era un recuerdo sobre algo que debió suceder en realidad.

Pero eso fue al principio. Luego Fabián Vejar había mejorado. De hecho, este deterioro de su salud mental, que había quedado registrado en el expediente, era inexplicable según la perspectiva de Vita.

También vinieron a su mente algunas de las imágenes que había sacado la prensa de Sanchia Paz.

«La patóloga muy querida en el Hospital Doce de Octubre»; «la trabajadora incansable, muerta por la mano de un desconocido que la asfixió en su propio piso». «Una trabajadora ejemplar, que estuvo más de veinticuatro horas trabajando sin descanso el 11M».

De repente, se acordó de su rostro sonriente, de uno que debieron publicar en uno de los periódicos, y del trabajador del hospital que mencionó que Sanchia había iniciado una relación con un hombre. Que ella se lo había confesado: «El destino giró para encontrarnos». Eso le había dicho Sanchia al empleado del hospital según la noticia.

«¡Vaya!, he recordado esto de pronto», se dijo Vita.

Sacudió sus recuerdos y se centró en lo que la llevaba a ese lugar. Tocó el intercomunicador junto a la puerta. Se sintió observada. Presentía que alguien la miraba.

Volteó y miró hacia su coche. Detrás, las copas de los árboles que acababa de rodear comenzaron a agitarse. Una ráfaga de viento embistió de repente. El clima aquella primavera había terminado siendo impredecible.

Nadie respondía su llamado ni tampoco escuchaba voces o pasos dentro. Si no hubiese sido por los otros coches y porque alguien tuvo que activar el mecanismo para abrir el portón de la entrada, hubiese pensado que aquello era una especie de set de grabación al que aún no habían llegado los actores ni los técnicos. Había un tono de irrealidad, de ficción en ese lugar.

Volvió a tocar el intercomunicador, pero entonces una voz la sorprendió. Salía del aparato.

—En breves momentos será atendida, doctora Bell —dijo la voz femenina, dulce, casi angelical.

Vita comprendió que sus instintos estaban afilados, renovados, puede que producto de la tensión que la llevaba allí. Se hallaba en máximo estado de alerta.

Escuchó pasos dentro del edificio.

En pocos instantes, alguien abrió la puerta.

Era un hombre menudo, vestido de blanco de pies a cabeza.

13

—Hola. Buenos días, doctora Bell. Estamos encantados de recibirla en nuestra casa.

Vita asintió y respondió al saludo.

—Soy Emilio Byron, el director de esta institución. Estamos dispuestos a ayudarla en lo que sea necesario —completó el sujeto.

Después de eso, la condujo al interior del edificio. Atravesaron una gran sala que parecía más un *lobby* de hotel, con los techos muy altos y un enorme tragaluz compuesto de muchos triángulos verdes y color naranja. Cuando salieron de allí por medio de una puerta interior, accedieron a un pasillo que dividía dos áreas de cubículos abiertos, de módulos de trabajo, en donde había al menos diez personas operando los teclados frente a varios monitores. Ni siquiera levantaron la mirada cuando Vita y Byron caminaron el corredor. Al final del pasillo, cruzaron otra puerta, que esta vez los condujo a un área rectangular, compuesta de cuatro caminerías en torno a un patio central con varios olmos.

Tomaron uno de los corredores. Ellos conducían a habitaciones cuyas puertas estaban cerradas.

El hombre se detuvo frente a una de esas puertas. La número 123.

—Aquí estamos. Esta es la sala donde Cornelio la recibirá. No empleamos ningún mecanismo de seguridad visible. Pero con solo levantar la mano, entrará en este lugar nuestro personal entrenado. Estoy seguro de que eso no será necesario —le dijo el hombre y después sonrió.

—Gracias —respondió ella.

—Lo que yo o cualquier colega pudo haberle dicho sobre Fabián Vejar ya lo ha leído en el informe. Lo hemos entregado porque Vejar está muerto y no tiene familiares. Nunca recibió visitas ni tampoco visitó él ninguna casa de parientes. Los pacientes del centro pueden salir cuando quieran una vez superada la fase de recuperación inicial, en el caso de que llegaran en mal estado. Pero no tengo que darle detalles, usted es nuestra colega y comprende las estrategias de tratamiento. El hecho es que nuestra junta decidió que lo mejor sería ponerla al habla con Cornelio. Él fue el mejor amigo de Vejar en este lugar —completó Byron.

En ese momento, Vita estaba muy cerca del director y percibió un olor a antiséptico intenso. Tuvo la impresión de que el sujeto era obsesivo con la limpieza de su cuerpo. Se fijó en sus manos. En efecto, logró ver muestras de que, al menos, las lavaba dos o tres veces cada hora.

No se había equivocado al diagnosticarle misofobia.

14

EL HOMBRE se retiró un poco. Vita se dio cuenta de que no quería tener contacto con ella. Se preguntó si la política de selección del centro sería la adecuada. Ahora Emilio Byron le pareció capaz de faltar a sus obligaciones laborales por la fobia que intuyó crecería en él trabajando allí, si se consideraba moralmente superior a aquellos recluidos.

Ella nunca quiso trabajar en un centro residencial de pacientes psiquiátricos. Sabía que tarde o temprano podían mostrar métodos muy duros para imponer los tratamientos. Sus pacientes, los forenses que acudían a su consulta, no requerían internarse, eran funcionales laboralmente. La mayoría, personas inteligentes y observadoras. Solo hombres y mujeres que necesitaban herramientas para lidiar con los horrores que otros dejaban a su paso al asesinar a las víctimas.

Vita había creado en varias oportunidades personajes

oscuros que trabajaban en centros psiquiátricos. La mayoría poseía, entre otras patologías, complejos de superioridad. Pensó que si Emilio Byron además tenía fobia a la suciedad, podía imputar a los pacientes ese carácter impúdico que le haría detestarlos. No era una certeza lo que se le ocurría a Vita en relación con el director, pero era una posibilidad. Eso se dijo. Luego intentó acallar sus reflexiones. Uno de sus problemas —decía su madre— era que siempre estaba analizando a las personas, y por eso no podía disfrutar de la vida.

—Cornelio es muy inteligente, tiene una memoria monumental. No es agresivo. Me atrevería a decir que está aquí porque no quiere estar en otra parte. Algunas veces pensamos que ha mutado en uno de nosotros. No pocas veces hemos hablado con él, y resulta que sus reflexiones han sido coincidentes con algunas de las de los colegas. No es que forme parte del personal ni mucho menos. Digamos que en él ha crecido el rol de psiquiatra y ha pasado los años leyendo de una forma obsesiva. En realidad, antes de recluirse aquí, era empleado de una biblioteca. Desde hace mucho es nuestro paciente.

Byron miró de repente sus manos. Luego siguió hablando.

—Le digo esto para que comprenda que valoramos a nuestros pacientes de diversas maneras —justificó Byron —, y por ello escogimos esta salita como lugar para la conversación. Valora mucho que se le trate no como paciente, sino como alguien instruido —concluyó.

Vita asintió.

Byron por fin tocó a la puerta y luego la abrió.

Entraron en la habitación.

Vio a un hombre de espaldas. Vestía un pantalón color gris y una camisa azul de mangas largas.

El hombre era bajo, con el pelo castaño y a la altura de los hombros, recogido en media cola con una cinta negra. Estaba de pie, observando a través del cristal de una ventana que ofrecía la vista del bosque que ella había bordeado para llegar allí.

«Mira hacia afuera para olvidar su cautiverio, aunque sea voluntario, para orientarse a la libertad», se dijo Vita. Además, pensó que ella también lo haría en su lugar. Aunque la habitación no estaba mal. Pocos objetos y de tonos suaves. Minimalista: una mesa de madera clara y una bonita lámpara; varias sillas y un ambiente que olía a lima.

—Incluso ahora que sé que le hablaré de Fabián, he vuelto a emocionarme. Era un gran amigo. Es usted la doctora que lo trató. Pero parece más joven. La imaginé diferente. —Fueron sus primeras palabras al darse la vuelta.

Su dicción era perfecta, y su tono de voz, agradable. A Vita le pareció que era un hombre acostumbrado a hablar en público. O que esa era la identidad que pretendía tener.

—Soy Eva Bell, en efecto. Y también soy quien trató a Fabián Vejar algún tiempo. Entiendo que ha dado su consentimiento para conversar conmigo —dijo Vita, guardando toda la formalidad del caso. De alguna manera, lo hizo porque intuía que estaba frente a una persona con una incisiva inteligencia. Por eso Fabián

Vejar lo había escogido como su confidente. Y sabía que las personas como esas, que fantasean con poseer autoridad, valoran el tratamiento formal.

Emilio Byron se fue en silencio, dejándola sola con el paciente Cornelio.

15

Cornelio le mostró una silla color verde uva que había en un rincón de la sala. Luego movió otra que se hallaba a su lado, cerca de la ventana. La levantó y la acercó a la silla verde. Allí se sentó, en torno a la mesa circular, y aguardó a que Vita hiciera lo propio.

Cuando los dos estuvieron sentados, y antes de que Vita iniciara la conversación, Cornelio se adelantó:

—Ese día venía de un paseo en el parque, al amanecer. Es el tipo de paseo que uno se reserva cuando tiene muchos deseos, y sabe que la rutina es la peor de las muertes. A esa hora, cuando nadie más está corriendo, uno se siente un verdadero explorador del planeta, entre los árboles y en soledad. ¿Alguna vez ha deseado con fuerza algo, doctora? —le preguntó de repente.

—Creo que sí —respondió ella sin inmutarse. Estaba preparada para esas incursiones en su intimidad, esas pretensiones que había sabido torpedear cuando alguno de sus pacientes intentaba conocer su vida privada.

—Si lo cree y no lo sabe, es que no lo ha hecho, en toda regla. Y debe remediarlo. Estoy seguro de que no ha sentido la fuerza de que algo le cambie por completo —le dijo en tono un tanto más confidencial.

Luego continuó:

—Entonces lo vi, a Fabián. Allí estaba, como perdido. El hombre más inteligente que jamás vino aquí. Supe desde el principio que era compatible un cien por ciento conmigo. Uno lo sabe. Hay algo en el cruce de las miradas, como si la otra persona te reconociera. Me di cuenta muy pronto de que también había sido víctima del caos.

Vita sabía que no debía interrumpirlo, pero cada vez entendía menos lo que Cornelio quería decirle.

—Fue una víctima de un romanticismo singular. Eso para mí es muy interesante. Es ese tipo de romanticismo como una bifurcación, como la elección de un camino desconocido y oscuro al que siempre quisiste ir para abandonar la luz de las convicciones que acompañaron tu vida hasta ese momento. Como un ansia de fiebre, de caos. De seguro lo ha visto en algunas mujeres y hombres que cuentan con sueños propios, pero que terminan apilando toda su vida en un rincón y solo quieren ser los y las amantes de alguien a quien desean de forma implacable.

—¿De qué fue víctima exactamente Fabián? —preguntó Vita.

—De la muerte de Sanchia Paz.

—¿Por qué? —insistió.

—Creo que su vida estaba vacía, harto de los crímenes que debía investigar, de intentar pensar en la vida de las víctimas, de ponerse en su lugar para descubrir cosas, y comenzó a vivir un «estado secundario», como si él mismo fuera Sanchia Paz, como si ella lo hubiese poseído. Así que pienso que muchas de las cosas que dijo o afirmaba eran solo parte de su imaginación. Para comprenderme, debe estudiar usted a Jung. Yo he tenido mucho tiempo de hacerlo. Lo siento. Supongo que tenía la idea de que iba a descubrir cosas de la realidad, pero lo que decía Fabián Vejar estaba solo en su cabeza. Creo que no pudo soportar que el asesino de Sanchia no pagara por su crimen.

—¿Qué era lo que decía con exactitud? —preguntó Vita.

—Que desde que la había conocido, ya no era la misma.

—¿La misma? ¿Hablaba como si fuera Sanchia?

—Eso me temo.

—Continúe, por favor.

—Una mañana me dijo: «Cuando le conocí, dejé de ser yo mismo. Uno es varias cosas adentro. Y en estos tiempos, solo ponemos a mezclarse las capas sólidas y externas que tenemos, pero no lo que de verdad somos. Como personajes y no como personas. La verdad a veces se asoma, se desborda, y uno no es capaz de renunciar a ella».

—¿Recuerda esas palabras exactas? ¿Está seguro de que esas fueron?

—Totalmente. Tengo muy buena memoria —respondió Cornelio. Parecía ofendido. La miró con un brillo distinto en los ojos.

—Perdone. Por favor, continúe —alcanzó a decir.

—También me dijo otra cosa. Eso lo he recordado hace poco tiempo, porque encontré unas notas mías. Dijo: «Ese día todo inició para mí. Era como la fortuna final, lo contrario a una sentencia de muerte. Pero mi fortuna se volvió infortunio. Aprendí mucho de él, del milagro de que estuviera vivo. Era algo imposible. Y por eso era un ángel. Y yo junto a él era como si yo no fuera yo, por fin. Mateo era para mí como el delirio que salva y que todos guardamos en alguna parte».

—Disculpe. ¿Está seguro de que Fabián mencionó ese nombre? —preguntó Vita sin poder contenerse.

—Totalmente. ¿Es que no me cree? —gritó Cornelio.

V<small>ITA SALIÓ DE LA SALA.</small>

Afuera la aguardaba Byron y junto a la puerta también estaban dos enfermeros.

—Se ha alterado un poco —dijo uno de ellos—. Le pasa algunas veces.

Vita no sabía qué pensar. El hecho de que Fabián haya mencionado a Mateo, cuando hablaba como si fuera Sanchia, le parecía algo revelador. Pero ahora dudaba. Fabián Vejar se había obsesionado con el caso de Sanchia por alguna razón que ella no llegó a comprender. Podía ser simplemente un caso de su trabajo que le fue asignado justo en el momento de su quiebre emocional. El hecho era que desde entonces había empezado su declive.

Así que podía ser que Fabián supiese que uno de los sujetos de interés fue Mateo Cala. Tenía cómo enterarse de eso. Para ese entonces, Mateo no era tan famoso, pero igual resultaba conocido. Así que quizás construyó la fantasía de que había sido él quien influyó en Sanchia, quien la había cambiado y también quien la asesinó. Pudo haber construido su fantasía, porque sí era cierto que Fabián Vejar algunas veces en el consultorio le había mostrado resentimiento hacia las personas de buena cuna, hacia quienes vivían vidas más fáciles con menos esfuerzo. Eso lo recordó Vita en ese momento.

Por lo tanto, lo que en principio había considerado una gran revelación, en esos instantes comenzó a parecerle pura fantasía.

—¿Todo ha ido bien? —preguntó Byron.

—Sí —respondió Vita.

Estaba pensando que, por si fuera poco, además debía agregar que lo único que tenía eran las palabras de un paciente, de Cornelio. Ni siquiera sabía si eran ciertas. Con todo, lo único que sacó en claro fue que Cornelio había sentido bastante atracción por Fabián Vejar, incluso podría tratarse de una atracción sexual. Esa forma de describirlo la primera vez que lo vio la llevaba a pensar eso.

—¿Por qué está aquí Cornelio? ¿Cuál es su patología? No me lo ha dicho —preguntó Vita al director.

—Forma parte de un proyecto en apoyo a los programas psiquiátricos penales de la institución.

Cornelio Sánchez hace veintidós años asesinó al amante de su esposa.

17

—Ya ha cumplido sentencia. Pero no quiere irse de aquí. Tenemos una buena biblioteca y acceso a internet, y dice que se siente bien en este lugar. Además está el bosque, y su habitación muestra vistas hacia él.

Vita comenzó a comprender a Cornelio. Por eso le había hablado de la pasión al principio de la conversación. Era su manera de presentarse. Como si dijera: «soy un hombre movido por una gran pasión, que destruyó su vida».

En ese momento, Cornelio salió de la sala. Se acercó a Vita.

—Le pido disculpas por haberle gritado. Yo también soy un asesino. Algo me ha pasado, pero no como la gente común cree. Dicen que es una suerte tener cerca a quien uno ama, pero no siempre. Lo es hasta que esa persona te dice que se acaba. Entonces, esa furia que ya no puedes contrarrestar termina con cualquier instante de belleza, y te ves obligado a construir la perfección por ti mismo. Me refiero a una perfección terminal. Debes siempre recordarlo.

—¿Qué desea que recuerde? —preguntó Vita.

—Que un enorme deseo termina siendo el motivo perfecto para asesinar. Una sola circunstancia, un encuentro perfecto que despierte todos tus sentidos puede hacer que uno cambie sin remedio.

Se dio la vuelta.

—Perdone, Cornelio… una última pregunta. ¿Fabián le dijo que el asesino de Sanchia volvería a matar años después en la ciudad amurallada y que imitaría a los santos?

—Sí. Es cierto. Dijo eso. Pero eso no parecía importarle tanto. Eso no significaba un problema para él. Le gustaba decirlo a todos. A mí no tanto. Y ya me duele un poco la cabeza. No recuerdo nada más de lo que Fabián me dijo sobre su pasado. Sobre todo hablábamos de filosofía, de astrología, de Praga. Los dos conocimos Praga. Yo con mi esposa hace muchos años. Él con alguien más.

Cornelio volvió a la sala, caminando despacio. Todos hicieron silencio al verlo marcharse.

Vita salió del centro psiquiátrico, tomó el coche y comenzó a bordear el bosque.

Sabía que había dado con algo importante. No era la mención a «Mateo», era otra cosa, pero no lograba comprender qué.

Estaba tan enfrascada en eso, en pretender comprender la información que Cornelio le había dado, que casi toma un camino errado. Se dio cuenta en el último momento y en la bifurcación siguió el camino correcto con premura. Entonces, en ese instante en el asiento trasero del coche apareció de nuevo Sanchia Paz. Su rostro estaba azulado. Su voz sonaba doble, aguda y grave a la vez.

«Lo es hasta que esa persona te dice que se acaba».

«Aprendí mucho de él, del milagro de que estuviera vivo. Era algo imposible».

La imaginada Sanchia repetía esas dos frases, pero de repente la voz aguda se apagó y fue reemplazada por un tono grave, como si hubiese perdido todo carácter femenino. Y entonces se convirtió en Fabián Vejar antes de desaparecer.

18

Vita llegó a Ávila.

Su mente estaba turbada.

Decidió visitar el Centro de Interpretación de la Mística. El que conducía Encarnación Cotta. Su sede estaba muy próxima a la casa natal de la santa. El mismo que Crispina Fuentes detestaba. No había renunciado del todo a la idea de que el asesinato de Helena Mayo fuera por motivos religiosos y no un disfraz de tales motivos, como ella misma le había dicho a Mateo Cala. Tal como le había confesado, él creía que el asesino de Helena Mayo había sido su marido. Eso también lo creían las mujeres que se habían manifestado en las calles de la ciudad en contra del feminicidio de Helena.

Pero a Vita le parecía que haberse tomado tantas molestias por dejar una escena del crimen tan provista de símbolos —la pintura gris, los jirones de jamón sobre el pelo, la imitación de la escultura de la santa…, sin mencionar el lugar del asesinato—, significaba algo.

Aquella ciudad amurallada era especial, única. Condensaba una tradición poderosa y, en cierta forma, sangrienta, si se pensaba en el conocido consumo de ganado único que allí pastaba, en la matanza.

Cruzó la puerta de las instalaciones.

Se encontró retratos de varios científicos; Copérnico, Galileo Galilei, Kepler. También un instrumento dorado y negro que le hizo recordar algunas ilustraciones de los libros de ciencia. Supuso que era la réplica de un objeto antiguo empleado para calcular la distancia entre los astros, o algo por el estilo.

El lugar contaba además con varias sillas y mesitas negras que se disponían sobre alfombras color vino. Las paredes eran blancas. Le llamó la atención la pintura que colgaba de una de las paredes. Se trataba de un lienzo en donde podía verse ángeles y hombres, admirándolos y señalándolos con libros en las manos.

En aquel vestíbulo no había nadie.

Se acercó a un módulo que parecía ser la recepción del lugar. Allí, sobre una superficie, había varios folletos, y detrás del mostrador, una silla vacía. Junto a los folletos halló una campanilla. La tocó. Emitió un agudo sonido. Entonces, escuchó unos pasos.

El vestíbulo mostraba dos puertas cerradas. Detrás de una de ellas era donde Vita había escuchado los pasos.

La puerta se abrió.

Vita miró con expectación.

—Disculpe. Es que como se han suspendido los talleres y las conferencias, no pensé que nadie iba a venir —se excusó.

Se trataba de una chica joven, de unos veinte años.

—No hay problema. Soy la doctora Eva Bell. Estoy con las autoridades, ayudando a investigar el asesinato de Helena Mayo. Intento reconstruir sus actividades en los últimos días —dijo.

—¿Quiere hablar con la directora? —preguntó.

—Sí. Pero primero me gustaría hacerlo contigo —reconoció.

—No sé si yo podré decir algo importante —respondió la chica con una entonación diferente a la anterior.

—¿Conocías a Helena Mayo?

—Claro. Todos la conocíamos.

—¿Frecuentaba este lugar?

—Venía con bastante frecuencia. Así es.

—¿Qué opinas de ella?

—Me parecía una mujer algo misteriosa.

—¿Por qué lo dices?

—Porque creo que era amable, sociable, pero en el fondo tenía un secreto. Siempre andaba con una actitud condescendiente, como si mirara a todos desde un escalón superior. Como si fuese, no sé, una elegida de algo. Se lo digo a usted porque no es de aquí. A veces cuesta decir las cosas a las personas que conocemos. Y aquí todos nos conocemos.

—Creo que no comprendo. Perdona, ¿cuál es tu nombre? —preguntó Vita.

—Soy Maite. Mire, por ejemplo, cuando venía a las charlas, me saludaba con amabilidad, hasta me preguntaba por Luca, mi gato. Eso ocurría si es que había alguien más presente. Pero cuando solo me hallaba yo en la recepción, casi ni me dirigía la palabra. Seguía de largo a la biblioteca. Eso solo lo hace alguien que está fingiendo interesarse por los demás. Quien representa un papel. Así que creo que era buena actriz, pero que no era lo que reflejaba ser.

—Ya. ¿Por eso dices que se sentía superior, porque aparentaba, pero en el fondo la amabilidad que mostraba era algo hipócrita? —confirmó Vita.

—Sí. Es algo así. La verdad es que no me caía mal, ni creo que fuera mala persona. Nadie se merece morir de la forma como ella murió.

—¿Alguna vez la viste acompañada de alguien? ¿Te habló de algo de su vida personal?

—Para nada. Solo nos saludábamos. Escuchaba a veces sus intervenciones en las charlas del centro. Me parecían muy complicadas de entender. Pero Encarna…, perdón, la directora del centro sí que era buena amiga de ella. Muy buena amiga —repitió la chica con una entonación que para Vita no pasó desapercibida.

Luego Maite tomó aire y continuó.

—Además, nunca me pareció que iba bien con Enrico. Él era muy diferente a ella. Sobre todo después de su viaje. Todos sabíamos que Enrico terminaría siendo peligroso. Y allí está, la mató…

—¿Enrico era violento?

—No a simple vista. Pero es un hombre aterrador. A mí siempre me espantó. Además, con la familia que tiene, ¿por qué se ha quedado aquí? Ni siquiera sale a conocer el mundo.

—¿Has dicho que viajó?

—Sí. Pero eso fue solo una vez. Hace dos años o un poco más. Yo terminaba la secundaria.

—¿Te gusta Mateo Cala como alcalde? ¿Te parece bien?

—Sí. Tiene suerte. Todo le sale bien. Dicen que llegará lejos.

En ese momento, escucharon unos pasos.

A los pocos instantes se apareció Encarnación Cotta.

20

—Hola, Eva. Qué bien que nos visites. Ahora mismo estamos en suspenso. Mateo ha querido complacer a Crispina. La verdad no entiendo por qué. Pensé que iba a ponerse de mi lado. Parece que le gusta la tensión entre nosotras. ¿Quieres pasar a mi despacho? —le preguntó a Vita después de darle dos besos, uno en cada mejilla.

Encarnación ese día vestía de rosa y negro. Se veía algo más joven. A Vita le parecía una mujer de ideas claras, que iba por lo que quería.

La condujo a su oficina. Era un lugar muy bonito, claro. De alguna forma que Vita no comprendió, lo que había pensado que era un ascensor de cristal era parte de la oficina de Encarnación. Una parte que daba vistas a la plaza de la santa y en donde había un escritorio y una silla. Debía ser el lugar donde Encarnación escribía o leía.

El resto de la oficina se componía de una mesa de reuniones, un estante y una mesita con una cafetera y algunas tazas alrededor, varias sillas de madera maciza, una alfombra con motivos florales y dos esculturas de verracos, uno blanco y otro azul.

—¿Qué te trae por aquí? —le preguntó Encarnación una vez que se sentaron ante la mesa—. ¿Quieres café? —interrogó.

—Sí. Me gustaría. Solo, sin azúcar —respondió Vita.

Mientras Encarnación ponía la cápsula en la máquina, aprovechó para decirle:

—Este lugar es muy bonito. No veo la razón por la que estás aquí. No pareces encajar —confesó Vita. Deseaba comprender a Encarnación Cotta.

—Tienes razón. Pero lo veo como parte de una etapa. La de la enfrentarme a gente que cree que tiene argumentos mejores para todo. Si uno logra no perder la calma, plantear sus puntos con claridad, si consigue convencer a otros y ganar alianzas en un lugar como este, créeme, lo lograrás en cualquiera.

—¿Así que lo ves como algo casi formativo?

—Sí. Eso es —dijo Encarnación, sonriendo y llevando la tacita de café a Vita.

—Mateo me convenció de venir aquí. Me dijo que necesitaba equilibrio. Alguien que pudiera con refle- xiones enfrentar a Crispina. Es él quien paga todo esto. Yo no podría. Esta oficina es sumamente codiciada. La vista, la ubicación. Pero, claro está, no muchas personas se plantean una misión en un lugar como este. Su atrac- tivo es contemplativo, no práctico.

—¿Qué hacías antes de venir aquí?

—Trabajé en un museo —dijo y luego calló.

Vita notó que no deseaba hablar de su pasado.

—He venido porque quiero entender a Helena. No tengo clara su imagen, ni qué clase de persona era, qué la movía.

—Creo que Helena era una mujer excepcional. Maravillosa. ¡Y ese cerdo le ha quitado la vida! —exclamó.

—¿Enrico Campomanes?

—Claro. ¿Quién más podría ser?

—Él dice que fue el alcalde. Que ella discutió con él horas antes del asesinato.

—Imposible. Mateo no dañaría una mosca. Él siempre busca hacer que las cosas sean perfectas, lo mejor posibles. Ha dedicado su vida a eso. No ganaría nada con matar a Helena. ¿Por qué iba a hacerlo? Mateo no es nada religioso, y ese asunto de la santa, de imitarla, me parece del peor gusto. Quién sabe la de ideas que Enrico tendrá en la cabeza, habiendo sido siempre un sujeto tan apartado, tan extraño.

—¿Desde cuándo conoces a Mateo Cala? Te lo pregunto para comprender por qué alguien diría que es un asesino —justificó Vita.

—Hace muchos años, cuando ambos teníamos veinte años o algo así, nos conocimos en Madrid. Luego él se fue.

Vita comprendió que las últimas palabras estaban llenas de emoción, demostraban insatisfacción. Una pérdida. De donde sea que se fuera Mateo, Encarnación lo había sentido puede que como un abandono.

Encarnación se levantó y buscó algo en un cajón.

—Aquí estamos. Éramos jóvenes. Siempre me digo que debo digitalizarla, pero luego se me olvida y no lo hago —dijo mostrando una fotografía. En ella, Vita reconoció a Encarnación a duras penas. Veía a una chica con mucho más peso.

—Pesaba un montón. Siempre fui gorda —reconoció ella. En la fotografía, también podía verse a Mateo Cala con su seductora apariencia, miraba al frente, sonreía. Había otros chicos y chicas.

Parecía una imagen tomada en un recinto universitario.

—Además, Mateo no pudo asesinar a Helena. ¡Vaya idea!

—¿Por qué? —preguntó Vita.

—Porque estaba conmigo, aquí. Estuvimos reunidos gran parte de la tarde. Hablábamos de las finanzas del centro. De cómo integrar la ciencia, la historia y las creencias religiosas más universales en nuestra planificación futura. ¿Has visto la pintura en el *lobby*? Ese debía ser el camino, tal como lo preveían los sabios en el Clementinum, como puede verse en el fresco del techo de la biblioteca más bonita del mundo.

Ahora Encarnación hablaba como embargada por una luz que solo ella pudiera ver.

—Esa es la esencia de la nueva mística, admirar y comprender la grandeza de los hombres y las mujeres…

21

¿Era cierto que Mateo estuvo con Encarnación a la hora del asesinato de Helena?

Eso se preguntaba Vita al salir del centro.

Se halló de nuevo ante la escultura de la santa.

Llamó a Gorka.

—¿Ya han determinado la hora de la muerte de Helena? —le preguntó.

—Pues sí. Entre las seis y las siete de la tarde.

—Encarnación Cotta dice que estuvo reunida con Mateo Cala durante la tarde. ¿Eso es cierto?

—Estás entrando en tierras pantanosas. No vayas preguntando por allí qué hizo el alcalde. Sabes lo delicado que es todo esto —respondió Gorka.

Pero en ese momento, Vita no pensaba en Mateo, sino en Encarnación. Era de ella de quien comenzaba a sospechar. Porque intuía que concentraba las dos grandes pasiones que hasta ahora había visto confrontadas; por una parte, podía verse movida por ideas religiosas: la manera como había hablado, casi declamando el asunto de la humanidad y la divinidad, le había plantado esa alerta en la cabeza. Y también los celos. Encarnación podía haber sentido celos de las mujeres en la vida de Mateo, si lo conocía desde los veinte años. No le parecía tan descabellado. Además, había ido a Ávila porque él se lo pidió. Formaba parte de su misión. Y si Mateo Cala escalaba a algo más, a la Moncloa, Encarnación podía ser una de sus compañeras fieles. Así siempre estaría unida a él.

—Tienes razón, Gorka —alcanzó a decir Vita—. Ya he vuelto a la ciudad. No he descubierto gran cosa. Tengo que pensar. ¿Cómo van las cosas para mañana? ¿Se ha descubierto algo más? —preguntó.

—Nada. En punto muerto. Para mañana, todo listo. Espero. La familia de Enrico se ha movido. Ha venido un abogado de renombre. Está en casa por ahora. Aún no se consiguen pruebas que lo inculpen. Además, por si fuera poco, el asunto está tomando una orientación política. Utilizarán las acusaciones de Enrico contra Mateo para hundirlo. Aquí los medios son los que mandan. Creo que Feliciana y la gente como ella se prestarían a cualquier cosa. Todo dependerá de qué lado de la batalla se quiera estar.

Vita comprendía lo que Gorka quería decir. Tenía la sensación de que la suerte de la que Maite, la chica del centro, le habló en referencia a Mateo Cala ahora se había vuelto en contra del alcalde.

22

AQUEL DÍA CONTINUÓ COMO EMPEZÓ. Ávila era un pandemónium. La gente no hablaba de otra cosa. Había trascendido que el cadáver de Helena mostraba algo extraño. La gente dentro de la muralla desconfiaba entre sí. También la mayoría que vivía en torno a ella.

Maurice Scott se comunicó con Vita.

Ella acordó escribir un informe sobre su visita al centro psiquiátrico y su conversación con Cornelio. También su conversación con Crispina y África, las breves palabras que cruzó con Feliciana Capón, con Michelle Campillo y con Henry Camel. Por supuesto, con Jennifer Mayo, con Mateo Cala y con Enrico.

Pero Vita intuía que Maurice buscaba la culpabilidad de Mateo Cala. Tal vez convenía a su plataforma política que la carrera de Cala se truncara. Si algo había descubierto Vita con el tiempo era que las personas que ejercían cargos como el de Maurice tenían claro quiénes eran sus amigos y quiénes sus adversarios en las altas esferas. Podía ser que llegara a su puesto apadrinado por alguien de un partido tradicional distinto al de Cala.

Vita se vio a sí misma escribiendo ante el ramo de rosas rojas, en su habitación, el reporte. No era mucho lo que iba a poder afirmar. Serían sobre todo conjeturas, hipótesis a lo sumo. Era casi como si estuviera escribiendo una novela de ficción. Todo tan confuso. Hasta los personajes que solían acompañarla en los momentos menos pensados habían desaparecido. Su mente parecía estar en blanco.

Intentaba concentrarse en las ideas tempranas. Eso solía hacer cuando llegaban nuevos pacientes a su consultorio. Era una fórmula que solía resultarle provechosa. ¿Cuáles eran las ideas que más temprano surgieron en su cabeza cuando llegó a Ávila?

Hizo el informe lo mejor que pudo. Cuando terminó, llamó a Gorka. Él le dijo que no había novedades. Se despidieron hasta el otro día. De forma velada, el detective le recomendó que no saliera, que era mejor que Bonilla no la viera.

Así que Vita tomó un baño y se metió en la cama. Sabía que cuando enviara el informe a Maurice, su papel allí habría acabado.

No quería irse así, sin descubrir al asesino. Sobre todo porque tenía la sensación de que con lo que había escuchado podría encontrar contradicciones, errores que el asesino podía haber cometido, y descubrir su identidad.

23

LLEGÓ el día de la procesión del Miserere.

Vita tomó un café en la habitación. Se vistió y decidió asistir a la actividad nocturna. Era su última oportunidad de dar con algo. Luego enviaría el informe a Maurice Scott y volvería a Madrid.

La mañana la pasó en su habitación, repasando en su mente como volviendo a revivir sus últimas horas, desde que llegó a la ciudad amurallada.

Cuando llegó la hora de la comida, Vita pidió la suya a la habitación. Comería en la terraza privada, que brindaba vistas a la muralla.

Mientras comía un pollo con vegetales salteados, se distrajo mirando un insecto alado que parecía danzar en el jardín, sobre el césped.

Venía de dar vueltas a una fuente de piedra que se hallaba a unos metros de distancia de donde ella estaba sentada.

De repente, aterrizó en el suelo casi a sus pies. Se

quedó mirándolo, fascinada. Era una libélula de una especie que no había visto antes. O tal vez fuera que no se había fijado mucho en ellas. Se quedó contemplándola. Parecía tener una forma prehistórica. La forma de sus alas le dio esa impresión. También la forma como reflejaba la luz. Debió haberse extraviado. Alguien de niña le dijo que las libélulas y los caballitos del diablo tenían una gran facilidad para buscar agua pura. Tal vez se confundió con la fuente o perdió el camino que lo llevaba al río, pensó. Antes de caer, le pareció que se había alzado en un vuelo acrobático, como un ascenso final.

Entonces, el insecto se quedó paralizado y comenzó a sufrir estertores, tal vez había cruzado el umbral entre la vida y la muerte. Luego de unos minutos, comenzó a intentar volar, sin éxito. Una de sus alas se levantaba primero e intentaba mover a la otra, pero esta última se encontraba pegada al suelo, quizás mojada. Entonces, el animal se desesperó. Eso le pareció a Vita, aunque sabía que la capacidad para desesperarse debía ser muy disminuida en un ser no humano. Pero llegó otra libélula y se posó junto a la primera. Así que esta agarró un nuevo ímpetu. Volvió la agonía, pero con ella volvía también la vida. El insecto volvió de la muerte gracias a la llegada del otro.

Vita terminó de comer el último bocado de pollo y zanahoria.

Estaba satisfecha.

Ahora debía pensar en las libélulas.

Ella había construido una trama, una línea que unía los puntos, los hechos. Para cualquier otro observador, nada de lo que ella imaginó había pasado, solo eran dos libélulas: una que mojó sus alas y otra que llegó. Pero la doctora Eva Bell sabía cómo funcionaba su mente. Esa trama entre las libélulas había sido construida desde una parte de su cerebro, una creativa, que intentaba decirle algo.

24

Llegó la hora de la procesión.

Se realizaba a las doce de la noche.

Vita había investigado sobre ella. El canto del Miserere reflejaba la petición de misericordia del pueblo de Dios. *Ten piedad de mí...*, inicia. Pide piedad, y luego pureza. Es el salmo 51.

En Ávila, lo organizaba el Patronato de la Purísima Concepción, Santa María Magdalena y ánimas Benditas del Purgatorio. Era una procesión penitencial como las organizadas en el siglo XVI. El itinerario incluía varias calles desde la iglesia de la Magdalena hasta una plaza, la plaza del Mercado Grande, y luego hasta la Ermita del Humilladero. Los profesantes entonarían un canto llevando cadenas.

En realidad, Helena no había aclarado si era esta la procesión en donde ocurriría algo. Vita cada vez dudaba más de que en realidad pasara algo en esa celebración.

Creía que lo que había pasado ya era suficiente. Sin embargo, estaba alerta.

Cuando salió del hotel, se dio cuenta de que estaba lloviendo a cántaros. En la recepción le ofrecieron un paraguas. Ella lo tomó.

Se puso en camino. Al principio no había nadie. La calle que tomó estaba desierta.

Pasó frente al Centro de Interpretación de la Mística. Sus puertas estaban cerradas.

Miró la oficina acristalada de Encarnación Cotta. Continuó caminando hasta que salió de la muralla. Era allí donde estaba la gente, toda agolpada en las cercanías de la iglesia en donde comenzaría la procesión. La lluvia arreciaba. También el viento. Estaba segura de que para los mayores y creyentes aquella lluvia podía indicar la furia de Dios por lo sucedido. Por el asesinato de Helena Mayo. La gente como Crispina pensaría en la actuación del enemigo, tal como ella lo había llamado. Pudo distinguir un grupo de religiosos cerca de la torre de la iglesia. Todos iban protegidos. La lluvia se hizo más intensa.

Vita se detuvo a unos cuantos metros de donde comenzaba la multitud. La gente se hallaba en silencio.

No se había topado con nadie conocido. Ni siquiera con Axel, que siempre andaba por allí como un vigilante.

Comenzó a escuchar una saeta.

La gente empezó a moverse.

Ella se apartó un poco. No quería interrumpir el camino de la procesión y tampoco formar parte de esta como si fuera una devota más. Más bien, quería seguirla, pero desde alguna distancia.

Aguardó un poco, observando a las personas. Todas

cantaban sin importarles estar bajo la lluvia. Quienes llevaban las cadenas y las imágenes vestían de azul y blanco e iban sin protección ante la lluvia. Parecía que la comunidad estaba decidida a pedir misericordia contra viento y marea.

La procesión pasó y entró por la puerta del Alcázar, caminando en dirección a la catedral. Cuando Vita decidió seguirla, y apenas cruzó la entrada, alguien pronunció su nombre. Era alguien que la había estado esperando.

Mateo Cala llevaba un impermeable color negro, con capucha y unos círculos fosforescentes a la altura de las muñecas. Era un chubasquero singular.

Al verla, sonrió.

Con el rostro algo mojado y con la cabeza cubierta, podían verse mejor sus facciones, tal vez por el reflejo de las velas artificiales y los candiles a batería que las personas, los últimos de la procesión, llevaban.´

25

—Doctora Eva, es una fortuna encontrarla. Debo decirle algo cuando la procesión finalice. Es algo que me preocupa. Mucho.

Ella asintió. Luego la dejó y caminó apurado.

En ese momento, viniendo de la calle Don Jerónimo, apareció Crispina corriendo.

—Es África, no la encuentro. Estoy segura de que le ha sucedido algo. Esto no es normal —exclamó.

Venía sin paraguas. Su hábito y su velo estaban mojados.

—Crispina, no puedes andar así sin cubrirte. Toma. Ponte mi chubasquero. De todas formas, conseguiré un paraguas en alguna parte. Estoy seguro de que África está bien. Sabes cómo es esa chica. Estará resolviendo algún problema. La encontraremos en la plaza de la cate- dral. Debe estar allí —dijo Mateo en voz muy alta, casi gritando. El sonido de la lluvia era ensordecedor.

Crispina aceptó el chubasquero del alcalde y se fue caminando junto con él. Vita iba detrás.

Estaba preocupada por la chica, por África. Deseaba que no le hubiera pasado nada.

Ellos fueron más rápido. Vita los vio perderse entre los últimos caminantes de la procesión. Ella, en cambio, se quedó lo más atrás que pudo. La gente llegó a la plaza de la catedral y allí entonaron una canción que Vita había escuchado de niña.

Pedían perdón, misericordia. Alguien salió de la catedral, gritando. Una mujer. Un hombre venía corriendo detrás, intentando alcanzarla. La gente que cantaba se calló.

Fueron segundos de confusión. La mujer continuaba gritando y se llevaba las manos a la cabeza.

—¡Los han decapitado! —gritaba sin cesar.

Varios uniformados se acercaron a ella. También unos que iban de paisanos.

Entonces, se escuchó una detonación. Un disparo.

Alguien cayó a los pies de Crispina Fuentes, quien volteó sin poder creer lo que veía.

El alcalde Mateo Cala yacía en el suelo.

Enrico Campomanes portaba un arma. Había disparado.

Isabel Martiherrero llegó a donde estaba, así como otros hombres. Unos policías detuvieron a Enrico.

—¡Mateo! ¡Mateo! —gritaban varias personas. Otras lanzaban exclamaciones.

—¡Han matado al alcalde! ¡Él se interpuso para que la bala no le diera a la hermana Crispina!

HORAS DESPUÉS, Vita hablaba con Maurice Scott en una oficina que él había previsto en el hotel La Catedral como centro de sus operaciones en Ávila.

—Esto es una locura. Alguien ha cortado las cabezas a las figuras de las procesiones de los próximos días. En medio de ese espectáculo, Enrico Campomanes no ha tenido una mejor idea que disparar al alcalde de la ciudad frente a todos. Con la mala suerte para él que quien portaba el chubasquero no era el alcalde, sino la hermana Crispina. Mateo se sabía en peligro, ese hombre es un zorro. Creo que le ofreció el chubasquero a Crispina tal como lo hubiese hecho con cualquier otra persona. No sería su pellejo el que estaría en juego —dijo Maurice.

Se hallaba sentado en una silla ante una mesa circular.

Vita se encontraba frente a él, en torno a la misma mesa.

—Maurice, no puedo creer lo que dices. Hablas como si todo lo hubiese planeado el alcalde. Se ha interpuesto en el momento justo. Ha evitado que esa mujer muriera. Y ahora tiene una bonita herida en el brazo. ¿No te parece que se merece un poco de tu compasión? —preguntó Vita en tono algo sarcástico.

—Puede. Ahora Enrico está detenido por intento de asesinato. Sus abogados no la tienen fácil. La opinión pública está a favor de Mateo Cala. Es un héroe.

—¿No han encontrado a África? —preguntó Vita.

—No. Eso es lo peor. No me gusta eso —reconoció Maurice.

—A mí tampoco. La conocí. No es de las que se saltan las obligaciones —alcanzó a decir.

—La policía la está buscando en todos lados, incluyendo en los bosques cercanos.

Maurice miró a Vita con gravedad.

—Creo que está muerta, Maurice —le dijo ella.

Él inspiró profundo.

—Era una mujer de inteligencia brillante. Debió ver u oír algo. Tal vez recordar algo que significaba un peligro para el asesino.

—¿Es que no crees que el asesino es Enrico Campomanes? —le preguntó él.

—No. No lo es, Maurice. Enrico es más de tomar su arma y disparar. No le importa perder su libertad si puede vengarse de quien cree es el asesino de Helena. Pero ¿por qué la mataría de la forma como mataron a Helena Mayo? Podríamos haber dicho hasta ahora que se inventó una forma de asesinato llena de símbolos para confundir. No es secreto lo que la religión y el consumo de animales significan para esta ciudad. Sabía que estarían aquí los chefs, que habría lío con los veganos, si es que eso puede predecirse. Además, sabía que, como dijo Gorka, esta ciudad con Crispina Fuentes y Encarnación Cotta dentro es un hervidero. Todo eso antes de lo que llevó a cabo hace horas. Porque esto lo cambia todo. No está interesado en librarse de ningún asesinato. Para dejarlo claro, intentó matar a quien creyó era el alcalde delante de cientos de personas.

—Sí. Es verdad. He pensado en eso.

—Aquí hay algo cocinándose desde hace tiempo. Después de todo, sí que pasó algo hoy, más allá de lo de Enrico. Las figuras descabezadas. Es algo pueril, infantil, o algo complejo, destructor. El hecho es que la noche en que la catedral no se abriría, porque toda la atención estaría puesta en el Miserere, alguien lo aprovechó para cortar las cabezas. ¿Cómo lo hicieron?

—Con un hilo de acero. Muy filoso. Sabes que en la Semana Mayor todas las figuras que luego saldrán a la calle se guardan en la catedral para que los turistas puedan admirarlas con detalle antes. Durante las procesiones es muy difícil hacerlo —explicó Maurice.

En ese momento, Maurice Scott recibió una llamada a su móvil.

Dijo varios monosílabos y luego extendió el aparato a Vita.

Ella lo tomó y escuchó.

—Eva, debes saber que yo no estuve con Encarnación la tarde del asesinato de Helena —dijo, Mateo—. Estuve, pero me fui a casa a las cinco. No a las siete, como ella le ha dicho a la policía. Me dijo que lo hacía para protegerme de las sospechas, porque me debe mucho, su centro, sus proyectos. Pienso que con esa información harás lo que creas necesario. Puedes decírselo a Maurice Scott y entre los dos decidir. Sé que fue un error que no dijera la verdad, pero no quise dejarla mal. Lo hizo por mí, y soy alguien leal. Quizás eso es lo único que soy.

Vita entregó el aparato a Maurice.

Escuchaba su voz, cuando preguntó qué sucedía, pero su mente iba a mil. Las ideas se le agolpaban.

Entonces, llamó a Gorka.

—¿Dónde queda ese lugar del que me hablaste? De enterramientos y sacrificios —le preguntó.

—El túmulo de los Tiesos —contestó—. A veinticinco minutos de camino en coche.

Vita colgó.

—Ella trabajó en un museo. No me dijo de qué. No quiso decirlo. Puede que… además, puede que debajo de la apariencia de no religiosa tenga su propia religión, pudo haber fundado con Helena la comunidad de La Nueva Mística, una sociedad de dos, de ellas dos. Maite lo dijo, eran buenas amigas. Muy buenas amigas. Tal vez Helena se dio cuenta de que las ideas de Encarnación eran peligrosas, que sus convicciones eran destructoras. Y ella, África, debió saber algo que yo fui incapaz de descubrir…

—No te sigo…

—En el túmulo de los Tiesos, allí debe estar enterrada la chica, la joven religiosa. Encarnación construyó una religión a su medida, una a conveniencia, en la que mezcló lo que sabía de historia y astronomía, con un disfraz inofensivo para mover las cosas, para propiciarlas. Desde que llegué aquí me he preguntado cuáles eran mis impresiones originales, las primeras. Y aunque fui incapaz de verlo, ahora me doy cuenta de que tenían que ver con una suerte de alineación de presencias. Como si todo fuera a favor del enfrentamiento. Que Encarnación estuviera aquí era una impostura, algo descuadrado, como esos cristales de su oficina. Me dijo que fue porque Mateo la trajo. Pero ya ella debía de saber que aquí se encontraba su enemiga a vencer, una con gran influencia. La hermana Crispina Fuentes —dijo Vita y una lágrima rodó por su mejilla.

Para la persona asesina, unas horas antes de la conversación de Vita y Maurice, había llegado por fin el momento de la revelación. Después de tanto tiempo planificando, observando, midiendo, haciéndola posible. Un cuadrante astronómico era necesario, que los cuerpos celestes estuviesen alineados y no fuera de control. La Tierra debía girar en el momento justo. Así como cuando el ángel había salvado su vida hacía casi veinte años. Era la estructura celestial a su favor. Eso pensaba esta persona.

Pero además, debía pensar en las figuras animadas, en la cultura, en las creencias. Todos debían salir en su justo momento. Movidos por el gallo dorado.

Y luego vinieron los planes, cada mes, y el convencimiento. Ahora se preparaba para el nuevo evento, el nuevo principio. Allí en la ciudad amurallada.

Sin embargo, faltaba una muerte más.

Había sido más rápido de lo esperado.

Había dejado que fuera el salvador, el ángel quien lo poblara. Nadie lo conocía, solo esa persona. La constancia era la clave. Un mensaje perfecto para la ciudad amurallada. El mensaje tenía que ser demoledor, contundente. Además, de la mano de alguien cálido, afectuoso, interesado por el bien de todos. Porque Ávila tenía que sangrar para renovarse. Para sacar el orden del aleteo que guardaba adentro bajo el orden confuso que se mostraba afuera.

La persona asesina continuó viendo los pájaros que anidaban en los árboles más altos, junto a la muralla. Ya el ángel había planeado el nuevo despertar, dentro. Como aquella vez del impacto, de la explosión. Cuando todos fueron conducidos a la luz. Pero ella, esa persona, tuvo que permanecer en la Tierra para cumplir la misión que lo cambiaría todo.

28

EL CUERPO de la hermana África fue hallado. Estaba en un promontorio cercano al túmulo de los Tiesos.

Había sido enterrada viva. Se había asfixiado con la tierra.

Gorka, Maurice y Vita se hallaban en el sitio. Observaban a los forenses hacer su trabajo.

—No tenemos nada en contra de Encarnación Cotta. No hay pruebas —dijo Maurice.

Vita hizo silencio.

—Esto es muy fuerte. Yo no puedo creer que sea ella —dijo Gorka.

—Lo sé. La aprecias —convino Vita—. Tal vez la chica nos haya ayudado una última vez. Si África estuvo consciente durante el ataque, quizás haya procurado dejarnos una pista. Yo lo hubiese hecho. Deben buscar bien en su cuerpo, Maurice. Prométeme que buscarán bien su ropa, en su cuerpo, en sus uñas. Que no escatimarán en detalles —pidió Vita a Scott.

Él asintió.

Unas horas después, Vita recibió la noticia en su habitación del hotel. La recibió de la voz de Gorka.

África tenía en su dedo índice un cabello ámbar enrollado. Lo había anudado de tal manera que fue difícil sacarlo. Habían hecho un análisis con la ayuda de los recursos de Scott. Era de Encarnación. Con eso, al menos, tenían para interrogarla. Ya lo estaban haciendo.

Vita le agradeció a Gorka su llamada.

Sabía que no sería fácil que Encarnación confesara.

Ya había preparado su equipaje. Eran cuatro días los que estuvo en Ávila. Primero había pensado estar solo uno. Pero durante ese tiempo se había transformado. Decidió volver a la consulta en Madrid. De alguna forma, ella se había convertido en la libélula que volvía a volar.

Ahora, antes de irse, solo le restaba despedirse de Maurice, de Gorka y sobre todo de Jennifer Mayo. Quería volver a verla. Se lo debía a África. En medio de aquella mesa de gente muy preocupada por la política, por sus imágenes, por el dogma o por sus carreras había aparecido la voz de África, interesándose por Jennifer.

Además, quería ver cómo iba con su tratamiento. Gorka le había dicho que la doctora tratante dispuso un sistema de acompañamiento y medicación. Así que ya no estaría sola ni en el estado de abandono en el que la habían visto.

Vita pensaba comprobarlo. Porque era ella, la olvidada Jennifer Mayo y su condición de abandono, quien consiguió que Vita volviera a vivir.

Rentó un coche y se dirigió a casa de Jennifer Mayo.

Se lo informó a Gorka.

Cuando llegó, la encontró mirando el bosque otra vez. Pero ahora era una mujer diferente. Su aspecto era limpio, estaba vestida de color verde claro. Tomaba una taza de café. Cuando vio a Vita, le sonrió en señal de saludo.

—Ha vuelto a despedirse. Yo la recuerdo. Es la del ruiseñor. Ahora vendrán a visitarme y a conversar conmigo los de la clínica —dijo—. He estado allá hasta esta mañana. Creo que mejoraré.

—Seguro que lo harás —dijo Vita.

—Tengo algo para regalarle. ¡Oh…, no!, se lo he regalado a África. Era una fotografía muy singular.

—¿Por qué era singular? —preguntó Vita en actitud de escucha.

En ese momento, las dos oyeron un ruido dentro de la casa.

Vita no había entrado, había bordeado la construcción porque pensó que Jennifer estaría en su lugar preferido, escuchando a los pájaros.

—¿Hay alguien más en casa?

—No. Puede que ya sean los de la clínica. Me trajeron para que buscara algunas cosas mías. La fotografía era singular porque aparecían en ella Helena y Mateo. Fue tomada en un lugar de los más turísticos de Madrid, creo. De esos en los que la gente se te acerca y, con el cuento de que están desarrollando un proyecto, te toman una fotografía y luego se aparecen con esta impresa en un material imantado y te cobran quince o veinte euros. Ella me contó que Mateo no quería comprarla y que ella, sin que se diera cuenta, la obtuvo.

Ahora no recuerdo si realmente se la quité o ella me la dio. El hecho es que creo que Helena no se dio cuenta de que detrás de la imagen de ellos, mucho más atrás y casi imperceptible, estaba Enrico Campomanes, mirándolos.

—Pero eso fue antes de que Helena volviera a Ávila, ¿no es cierto? Por qué estaría Enrico Campomanes mirando celoso a Helena…

—No. No miraba a Helena. Miraba a Mateo Cala…

—¿Qué? —preguntó Vita sin poder creerlo.

De repente, todo encajaba en su mente.

—Jennifer, ¿recuerdas que cuando vine me hablaste de Sebastián…?

—Lo siento. A veces mezclo cosas. Sebastián no está perdido. Él fue mi novio de adolescente y luego se hizo novio de mi vecina, la chica que vivía en esa casa de junto, que también era mi amiga. Pero yo era muy crédula. Siempre esperaba lo mejor de las personas. Dicho de otra manera, los dos se burlaban de mí. Era ella quien le interesaba y no yo.

«Los dos se burlaban de mí».

Helena Mayo, la que imaginé en la plaza, me lo dijo: «Lo que ellos son capaces de hacer».

Un error de origen, uno que acalló sus ideas tempranas. Enrico le parecía un hombre violento y simple, capaz de una gran pasión. Mateo, uno capaz de convencer a cualquiera de cualquier cosa, con esa capacidad de manipulación perfecta. Pero creía que la pasión de Enrico era Helena. Eso hizo pensar. No era así. Era Mateo Cala. Había interpretado su papel con maestría, los celos ante Mateo, haberlo culpado y luego haberle disparado. Pero si él era un buen cazador, ¿por qué erraría el tiro y pegaría a Mateo en el brazo? Y Mateo había llevado un impermeable que nadie más en el pueblo tenía, uno reconocible. Y tal como dijo Maurice, lo ofreció con premura a alguien. Ese alguien fue la preocupada Crispina. Mejor imposible para el plan. Él debía arriesgar su vida por alguien del pueblo. Mejor si era la mujer que se le enfrentaba. Todo lo habían planificado de manera milimétrica. También la presencia de Encarnación para desatar el mal ambiente entre Crispina y ella. Y para culpar a Encarnación.

Ellos, uno de los dos, de seguro Enrico Campomanes, había dejado el cabello de Encarnación (que posiblemente Mateo se había procurado) en el dedo de la joven religiosa.

Helena también había sido una víctima de ambos. Debieron elegirla antes. Así, Mateo la enamoraba y luego terminaba la relación, pero dejando entrever que la necesitaba en Ávila. Por eso Helena deja su vida en Madrid y vuelve a la ciudad amurallada. No le importó que la relación no fuera sexual. Sería cercana. Y si se junta con Enrico, un hombre inofensivo, solo algo solitario; mejor para ella. Sus demandas amatorias debían ser bajas. Todo va bien hasta que Helena termina enterándose del plan de ambos. Un plan ideado por los delirios de Mateo Cala. Vita estaba segura de que todo rondaba eso, un gran delirio personal y destructor.

Los ruidos dentro de la casa se hicieron más fuertes.

Fue muy tarde cuando Vita se dio cuenta de que Mateo Cala estaba allí y sostenía un arma. Llevaba una venda en el brazo izquierdo. Pero la herida no parecía impedirle hacer lo que estaba a punto de hacer.

29

—Muchas veces le dije a Enrico que tuviese cuidado con que nos relacionaran. Pero él no ve las cosas tan claras como yo. Soy más… tengo mejores visiones. Ahora lo he escuchado todo, Eva. Lo lamento. Pero no podemos romper el orden que hemos creado.

Se acercaba, apuntando el arma. Vita le pidió que dejara fuera de todo a Jennifer. Que nadie le creería.

—Cuando te conocí, tuve la sensación de que una gran rabia te movía, Eva. Ahora me muestras que eres capaz de proteger a los débiles. Eso habla bien de ti. Estoy seguro de que los buenos ángeles te llevarán a buen destino.

Vita se vio perdida. No quería morir. Ahora lo sabía.

Cerró los ojos. Esperó el impacto.

Lo escuchó, pero no sintió ningún dolor.

—¡Jennifer! —gritó.

Vio a Gorka. Era él quien había disparado.

Hirió al alcalde Mateo Cala en una pierna. Este cayó al suelo.

Vita apartó el arma que él había empuñado, y que cayó cerca de su cuerpo. La tomó entre sus manos.

Se la dio a Gorka y luego fue a donde estaba Jennifer, quien permanecía sentada y en silencio.

—¿Estás bien, Eva? —preguntó Gorka—. Sabía que Encarna no podía ser una asesina, y el asunto de la coartada que ella le daba a él no tenía sentido. Le creí a ella porque es mi amiga y porque vi su desconcierto ante lo que declaró Cala, y ante la prueba del cabello. No podía ser fingido. Yo sé cuándo alguien que quiero finge algo.

Vita le sonrió.

—Es de las mejores cosas que hay que saber en la vida —dijo ella y ambos miraron al alcalde, quejándose de dolor en el suelo.

—Creo que acabo de mandar mi carrera al infierno —dijo Gorka.

—Yo creo que al contrario. Le acabas de dar un gran empuje —dijo ella.

EPÍLOGO

Una semana después, Vita y Maurice tomaban unos tragos en Bedford.

—Lo ha confesado todo. Está loco de atar. Y comenzó a estarlo cuando sobrevivió al ataque terrorista de Atocha. Resulta que iba en uno de los trenes siniestrados con un amigo. Este se sentó de repente en el puesto que él iba a ocupar. Cosas de muchachos. Cala tendría más o menos veinte años. Sucede lo que sucede, y el amigo muere y Cala sobrevive. No creas que sabía todo esto desde antes. Lo hemos ido sabiendo.

Vita lo escuchaba y asentía.

—Fue allí donde conoció a Sanchia, en el hospital.

—Sí. La primera vez. Pero no se enredaron. Luego Mateo se sintió un escogido. Alguien llamado a una empresa religiosa. Se había salvado milagrosamente. Fue el único sobreviviente en esa área del vagón. Así las cosas, fue a estudiar Filosofía en Italia y a madurar su locura, Si alguien en su familia sabía algo, nunca lo dijo.

Aunque yo creo que no es así, que mantuvo sus ideas calladas. Entonces, años después, volvió a ver a Sanchia. Lo que no entiendo es por qué la mató.

—Lo he pensado, Maurice. No creo que haya sido él —dijo Vita al tiempo en que daba un sorbo al martini.

—¿Qué dices?

—Creo que fue el propio Fabián Vejar quien por celos mató a Sanchia al enterarse de que Mateo, quien seduce a hombres y mujeres por igual, había iniciado una relación con ella. Una de mis anotaciones, cuando traté a Vejar, fue que era como si hubiese estado antes en el piso de Sanchia. Lo que eso quería decir, lo que quise decir, fue que todo aquello era muy vívido. Y el hecho de que desde ese caso la carrera y la cordura de Vejar se vinieran al piso… no lo he comprendido sino hasta ahora. Cornelio, el paciente con ínfulas de médico con el que hablé, me dio las claves. Cuando vio Fabián Vejar, pensó que era como su alma gemela, alguien movido por la pasión enloquecida, alguien capaz de matar a alguien por esa pasión desbordada. Y es que Cornelio, en efecto, mató al amante de su esposa. En el momento, no lo vi claro porque no sospeché la bisexualidad de Mateo Cala ni la homosexualidad de Vejar.

—Alucino —dijo Maurice mientras se acercaba el vaso de Black Label.

—Lo he pensado mucho. Y todo encaja. Mateo Cala siempre ha seguido el mismo patrón. Enloquece a alguien, luego pretende dejarlo, cuando cree que lo que sea que se alinea para que él cumpla su misión por haber sido salvado así lo exige. Y se busca a alguien nuevo.

Supongo que ya ha confesado la participación de Enrico. Fue él quien mató a África, ¿verdad?

—Pues sí. El delirio del alcalde dará de qué hablar. Supongo que la Capón y muchos como ella serán felices. Ya ha hablado contando no sé qué cosa de los astros, de los apóstoles y de los meses. De que todo tenía que ser en Ávila porque allí debían ponerse en tela de juicio las convicciones, las virtudes, y para ello, su cabeza de turco sería su supuestamente amiga Encarnación Cotta. La pobre estaba libre de culpa. Y luego lo de la salvación de Crispina le cayó de perlas. Ya lo habían declarado héroe, y luego, unas horas antes, ha quedado descubierto como lo que es, un asesino por ideología.

—La chica, la Capón, me dijo algo interesante. Que Helena Mayo era alguien débil, influenciable. No se equivocaba. Creía que amaba a Mateo Cala y debió oír algo, tal vez una conversación telefónica entre Mateo y Enrico, y desde allí comenzó su tortura. Por eso, Michelle Campillo la vio nerviosa guardar un libro en el cajón de la tienda. Pensamos que ese libro era importante, pero nos equivocamos. No era el objeto, sino la actitud de Helena lo que importaba. Lo mismo hubiese dado que guardara un libro, unas llaves, una pluma, o lo que fuera. Luego encontraron una libreta negra algo voluminosa, con anotaciones y números bajo uno de los mostradores. Solo contenía notas sobre unas ventas, nada de valor. Pero lo que Michelle Campillo vio era en parte verdad; Helena estaba confundida y temerosa en ese momento pero no estaba escondiendo ningún objeto. Helena temía por Enrico. Lo que escuchó o vio debió llevarla a pensar que el manipulador era Mateo. Después de todo, era una mujer amable. Aún no entiendo por qué abandonó a su hermana a su suerte.

—Date tiempo. De seguro, en unos días, lo comprenderás todo. Dale crédito a tu inteligencia y a tu imaginación.

—Puede ser. Si te contara que algunas veces entablo conversaciones con personajes de ficción, y también algunas veces ellos dicen cosas sensatas. Otras no tanto —reconoció Vita.

—Lamento lo de la chica, el asesinato de África.

—Yo lo lamento a cada momento. Creo que se dio cuenta del triángulo amoroso correcto entre Enrico, Mateo y Helena al mirar la fotografía. Tal vez se dirigió a alguno de ellos y eso firmó su sentencia de muerte. O tal vez ni siquiera lo supiera. Y cuando dijo en el centro, que antes era una antigua fábrica de harina, que Jennifer le había dado algunas cosas, algo activó las alarmas en la mente de Mateo. O puede que, en su delirio religioso, el ángel que creía encarnado en él le anunció que la chica era peligrosa para la misión. La mayoría de las veces, los delirios religiosos lo que hacen es justificar las ideas que ya tenemos.

Maurice asintió.

—Te propongo un brindis por ella. Seguro llevó una vida llena de sentido. Y ahora, de alguna manera, ha permitido que yo también la tenga. Volveré a trabajar.

Vita levantó la copa y Maurice su vaso. Ambos brindaron por África. Vita se imaginó a la chica riendo tras Maurice y levantando una taza de café.

LA HISTORIA DEL CUADERNO NEGRO II

La historia del cuaderno negro II

Continuación…

Pasó un mes desde los sucesos de Ávila.

Vita llegó a casa.

Un sobre sin remitente la esperaba a los pies de la puerta.

Lo abrió.

Había un cuaderno negro sin nada escrito.

Vita sintió su respiración entrecortada. También había una nota. En ella, alguien sin nombre ni firma la invitaba a visitar la Ermita de la Moralejilla esa misma noche si deseaba conocer la verdad sobre Renart, su difunto marido y padre de su hija Eloise.

Vita no comprendía por qué el pasado no la dejaba escapar. Había vuelto a consulta. Poco a poco llegaban pacientes. Maurice le había brindado todo su apoyo.

Pero el pasado volvía. Ella siempre sospechó que

Renart estaba metido en algo turbio. Más aún cuando, luego del accidente en el que perdió la vida, ella había encontrado un cuaderno negro sin ninguna escritura en el buzón de casa. De la casa en donde vivía con su familia, que ya había vendido.

Siempre supo que aquello volvería a ella otra vez.

De nuevo salió. Tomó el coche y se dirigió hacia la ermita.

FIN

La doctora Bell regresa para resolver un nuevo caso en la segunda novela de esta serie: *Crimen discreto*. Obtenla aquí:

https://geni.us/CrimenDiscreto

ÍNDICE